DAMMBRUCH

ROBERT BRACK

DAMMBRUCH

EIN STURMFLUT-THRILLER

ELLERT & RICHTER VERLAG

Gebt mir nur *einen* Teufel auf einmal,
so fecht ich ihre Legionen durch!
Shakespeare, *Der Sturm*

1

Betty stand unter der knorrigen Weide am Vogelhüttendeich in Wilhelmsburg und schaute über den Ernst-August-Kanal. Um sie herum rauschte es. Der Wind zerrte an Kleid und Mantel, wollte ihr das Tuch vom Kopf reißen. Und warum auch nicht? Sie zog es ab und ließ die kastanienbraunen Locken im kalten Wind flattern.

Aber das Rauschen kam nicht vom Wind, der durch die Bäume am Kanalufer fegte, die hängenden Zweige der Trauerweiden zum Flattern brachte und über die Wasseroberfläche peitschte, dass es spritzte. Das Rauschen hatte nichts mit dem Baum und seinen Ästen zu tun, denn der hatte keine Blätter, es war Winter, Mitte Februar. Nein, das Rauschen hing in der Luft. Überall. Seit Tagen schon. Es war allgegenwärtig und wollte nicht aufhören. Ihrem Gefühl nach lag es über der ganzen Stadt, über dem ganzen Land, über der ganzen Welt. Vom Wind gemacht, der unsichtbare Saiten in der Luft zum Klingen brachte und eine tosende Musik erzeugte. Eine Sturmsinfonie. Nicht gerade harmonisch, aber bombastisch. Ein vielstimmiges dröhnendes Brausen.

Das Großartige daran war: Man konnte diese Musik nicht nur hören, sondern sogar spüren. Es war ein handfester Missklang, der sie packte und schüttelte, der an ihr riss und zerrte, der sich ihr entgegenschleuderte und versuchte, sie umzuwerfen, hochzuheben, fortzuwehen.

„Wo der Wind mich hingetragen", dachte Betty, „ja, das weiß kein Mensch zu sagen."

Sie drehte sich um, wandte sich ab von den kleinen Hütten, die hinter ihr geduckt in einer Kuhle lagen, schaute über den Kanal in die Ferne, in jene Richtung, in die der Wind sie zu drängen versuchte. Aber nach Osten? Wieder nach Osten? Niemals!

„Du kannst mich in den Kanal werfen, du brüllendes Ungeheuer", dachte Betty, „aber du wirst mich niemals wieder in den Osten schaffen, nicht dorthin. Nicht auf diese blutgetränkte Erde. Ich habe der Erde dort zu viel Blut gespendet!"

Und jetzt schrie sie es: „Niemals! Niemals, ihr verfluchten Dreckschweine, ihr Hundesöhne, ihr Mistkerle! Niemals werdet ihr mich wieder treten, mich in den Schmutz werfen und mich quälen. Nein! Nein! Nein!"

Der Sturm schluckte ihre Schreie, als hätte ihr Mund lautlose Worte geformt. Wie oft hatte sie diese Beschimpfungen heimlich geflüstert, nachts unter der Bettdecke? Aber heute ganz laut! Ach, wie tut es gut, alles herausschreien zu können, es wegzuschreien. Der Welt die eigene Wut entgegenzuschleudern, ohne dass es falsche Ohren hören. Die richtigen Ohren, das sind die Ohren der Natur. Die falschen, das sind die Ohren der Menschen. Mit der Natur kann man nicht einfach kurzen Prozess machen, mit den Menschen schon. Ja, so ist das. Trau dich, Betty! Die Zeit des Großreinemachens ist gekommen, des rücksichtslosen Aufräumens. Sei ein Sturm, Betty, fahre hinein in das Dasein dieser Elenden und fege sie hinweg mit harter Hand. Zack!

Sie lachte. Schüttelte sich. Mehr noch als der Sturm wurde sie von der in ihrer Brust aufwallenden Freude geschüttelt. Sie krümmte sich vor Lachen, richtete sich wieder auf und breitete die Arme aus, um sich dem Wind zu ergeben. Und wirkte mit ihren flatternden Haaren und dem weit geöffneten Mund wie eine rachsüchtige Medusa.

Klatsch, traf sie ein Peitschenhieb am Hinterkopf. Das hast du nun davon, du dummes Mädchen! Die Weide trauert nicht, sie schlägt zurück. Der Wind beansprucht die Vorherrschaft. Du bist kein Sturm, kein Orkan, du bist nur ein kleiner Mensch.

Ach was! Besser du wirst vom Wind gepeitscht als von einem Folterknecht.

Betty drehte sich um und stapfte in ihren Gummistiefeln durch den Morast der Gartenkolonie zurück zu ihrer Bude.

Der Junge stemmte sich gegen den Wind. Lag schräg darauf wie auf einem Luftkissen, das verhinderte, dass er auf die Schnauze fiel. Alberner Kerl, dachte Rinke, während eine vorbeifahrende Straßenbahn ihm die Sicht nahm. Dann war der Bursche wieder zu sehen. Gleiche Haltung, immer noch schräg und mit ausdrucksloser Miene.

Auch wenn er nicht so grotesk schief gelegen hätte, sah er in Rinkes Augen lächerlich aus. Und er war zu jung. Trug Blue Jeans und eine Lederjacke, Tolle mit Entenschwanz, Rollkragenpullover und – immerhin – Wildlederschuhe mit Kreppsohlen. Ein Leisetreter im Stil der Halbstarken, die Rock'n'Roll hörten, der seit einiger Zeit auch auf dem Kiez Furore machte. Die Stern-Lichtspiele in der Großen Freiheit wurden gerade zu einem Musikklub umgebaut. Damit noch mehr Lärm produziert werden konnte. Wirklich gute Musik wurde systematisch abgeschafft. Ein Trauerspiel, wie Rinke fand, aber er war in dieser Hinsicht auch sehr altmodisch.

Dabei war Rinke erst siebenundzwanzig Jahre alt. Er trug einen schwarzen Trenchcoat, eine Schiebermütze und ebenfalls Wildlederschuhe mit Kreppsohlen. Auch er war ein Leisetreter, aus gutem Grund. Dass er altmodisch war, lag vielleicht daran, dass er einen nicht unerheblichen Teil seines noch jungen Lebens hinter Gittern verbracht hatte, wodurch seine Verbindung zum Alltag immer wieder unterbrochen worden war.

Eine Windböe attackierte seine Mütze. Rinke zog sie noch tiefer ins Gesicht, stellte den Mantelkragen hoch und überquerte die Reeperbahn. Ein VW Käfer hupte ihn frech an, ein vorbeifahrender Opel Kapitän spritzte Wasser gegen seine Hosenbeine. Die Straßenbahn klingelte.

Rinke ließ sich nicht beirren, ging schnurstracks auf den Jungen zu, der an der Ecke zur Talstraße im Wind herumalberte. Wenn der mir jetzt komisch kommt, kriegt er einen Tritt in den Arsch und tschüs, nahm er sich vor.

Der Junge sah ihn kommen und erkannte sofort, dass dies seine Verabredung war. Er stellte sich gerade hin, stramm und ordentlich, als wollte er bei der Bundeswehr anheuern. Ich weiß ja nicht, dachte Rinke, der ist doch noch feucht hinter den Ohren. Aber in der Not frisst der Teufel Fliegen. Wenn dein Kumpel plötzlich und unerwartet aus dem Verkehr gezogen wird, brauchst du einen Ersatzmann. Und wenn die Zeit drängt, nimmst du fast jeden. Na, schauen wir ihn uns mal an.

Er blieb vor ihm stehen und tippte sich an die Mütze.

„Tach."

„Tach auch", nickte der Junge und fuhr sich mit beiden Händen über die Frisur, als fürchtete er, sie könnte in Unordnung geraten sein. Dabei war sie mit einem halben Pfund Pomade beschwert. Fehlte nur noch, dass er einen Kamm aus der Gesäßtasche zog, um sich zu frisieren.

„Und sonst?"

„Würd gern 'ne Zigarette rauchen, dick und rund."

Rinke nickte, zog eine Packung „Juno" aus der Manteltasche und bot dem Jungen eine an. Der griff zu. Rinke gab ihm Feuer, was gar nicht so einfach war bei dem Wind. Sie mussten dazu ganz dicht an das Eckhaus treten.

„Wir sind also verabredet", stellte Rinke fest.
Der Junge grinste. „Stimmt."
Rinke nahm sich die Zeit, seine eigene Zigarette anzuzünden, und nickte knapp.
„Na, dann gehen wir mal los."
Rinke schritt aus. Der Junge kam gerade so mit und fragte schräg von der Seite: „Äh, stellen wir uns nicht vor? Du heißt Lucius, oder?
„Sag einfach Lou, das genügt. Lou wie das Raubtier."
Der Junge sah ihn leicht irritiert an. „Löwe?"
„Wolf!"
„Ah ... ähm, mein Name ist Peter Kummerfelt. Mit t hinten."
Rinke blieb stehen und schaute ihn mit gespielter Empörung an: „Im Ernst? Das ist ja wirklich erstaunlich!"
Der Junge ballte die Fäuste.
Rinke gab ihm grinsend einen Klaps auf die Schulter und sagte: „Ich nenne dich Piet, das ist kürzer."
„Meinetwegen."
Sie gingen weiter. Der Wind fauchte um die Hosenbeine der Passanten, als wollte er sie fesseln und zu Fall bringen.
Eine Matrone in der Uniform der Heilsarmee brachte ihre Tuba vor dem Sturm in Sicherheit. Ihr älterer Kollege wurde mit seiner Basstrommel in den Hauseingang neben dem Backsteingebäude gedrückt, direkt gegen das verführerische Lächeln einer halbnackten Frau in Strapsen auf der Reklametafel des Tag- und Nachtklubs „Rote Katze".
Der Musikant ging in die Knie.
Rinke blieb stehen und half ihm wieder hoch, schob ihn aus dem Eingang in Richtung des „Jesus lebt"-Schriftzugs. Dann musterte er interessiert die üppige, barbusige

Schönheit auf dem Plakat. Sein Blick fiel in das mit rotem Samt ausgeschlagene Schaufenster, in dem neben einer Sektflasche, einer schwarzen Maske und langen Handschuhen ein fein säuberlich drapiertes Negligé lag. Dazu eine kleine Statuette aus Plastik: die Venus von Milo mit ausgestreckten Armen! „Frohsinn und Glück rund um die Uhr" stand in goldenen Buchstaben gestickt auf einem Band aus rotem Samt. Auf einem hässlichen, vergilbten Schild am Rand der Hinweis: „Kein Zutritt unter 21!"

„Wie alt bist du denn?", fragte Rinke.
„Wieso?"
„Wie alt!"
„Na ja, einundzwanzig."
„Dass ich nicht lache."
„Achtzehn."
„Pah!"
„Doch! Fast achtzehn."

Rinke schüttelte den Kopf. „Egal, wir gehen trotzdem rein."

Der Junge schaute beinahe bestürzt auf das Plakat mit der Nackten und stolperte hinter Rinke in die Rotlichtbar. Ein kalter Windstoß fuhr ihm über den Nacken, als wollte er ihn zurückhalten. Sie duckten sich durch einen schweren filzigen Vorhang.

Drinnen konnte man zunächst kaum etwas erkennen.

Die Augen mussten sich erst an den roten Samt, die roten Lämpchen, den schwarzen Tresen und Tische gewöhnen. Die nackte Haut der Damen auf den Sofas hob sich grell von der Umgebung ab. Kaltes Fleisch notdürftig in enges Korsett oder knappes Kleid geschnürt. Piets Blick blieb an bläulichen Adern auf prallen Oberschenkeln und wulstigen Brüsten hängen.

Rinke trat an den Tresen. Die Frau dahinter sah aus wie ein in die Jahre gekommenes Saloon-Girl aus einem Western mit grotesk rotgefärbten Haaren. Sie trug ein grünes Kleid, unter dem nicht viel von ihr zu erkennen war bis auf das Dekolleté, das dem Grand Canyon Konkurrenz machen konnte. Sie beugte sich nach unten und brachte eine Flasche Faber-Sekt zum Vorschein: „Champagner für die Herren?" Gefälschtes Lächeln, bröckelnder Lippenstift, die hochtoupierten blonden Haare schwankten hin und her.

„Nein, danke", sagte Rinke.

Sie stutzte, als sie den Jungen genauer musterte. „Eine Dame zur Gesellschaft?"

„Nein", sagte Rinke.

Sie kniff die Augen zusammen. „Schüler haben keinen Zutritt." Sie machte eine Handbewegung, als wollte sie Piet nach draußen scheuchen.

„Wir sind verabredet", sagte Rinke stoisch.

„Verabredungen finden hier erst ab einundzwanzig statt."

„Mit Ullmann."

„Kenn ich nicht. Hier sind nur Frauen, wie man sieht."

„Onkel Otto ausm Bambi."

„Na schön", lenkte die Bardame ein. „Ich schau mal nach, was sich machen lässt." Sie hob eine Klappe und kam hinter dem Tresen hervor. Unter ihrem wallenden Kleid trug sie Holzsandalen. Sie öffnete eine Tapetentür mit kleinem, schwarzem Knauf und verschwand.

Rinke ließ seinen Blick durch die Bar schweifen und nickte den beiden Frauen auf dem Sofa zu. „Ihr habt ja gar keine Musik hier", stellte er fest.

Die Blonde in Korsett und Strapsen sagte: „Kostet Geld", und deutete auf eine Musikbox weiter hinten in dem schlauchartigen Raum.

„Und ihr habt keins?", fragte Rinke betont ungläubig.

„Bei den Preisen hier?"

„Sackt alles die Chefin ein", sagte die Schwarzhaarige in dem knappen grünen Kleid und streckte ein schlankes Bein aus. Netzstrümpfe endeten in glänzenden Pumps, die so eng waren, dass Aschenputtel sie in allen Lebenslagen garantiert nicht verlor.

Rinke ging an den beiden vorbei und beugte sich über die Wurlitzer. Suchte die Songtitel ab, fand einen, den er kannte, zog sein Portemonnaie aus der Innentasche des Mantels und warf zwei Groschen in den Schlitz. Dann drückte er L14. Die Mechanik setzte sich in Bewegung. Rinke ging zurück zum Tresen.

Eine Bläserfanfare ertönte. Piet zuckte zusammen. Die beiden Frauen runzelten die Stirn. Eine Streicherkaskade ergoss sich wie eine Flutwelle aus den Lautsprechern, dann eine helle klare Stimme, eine spanische Melodie: *„Malagueña"*. Gesungen von Caterina Valente. Rinke atmete tief durch.

Piet warf ihm einen ungläubigen Blick zu.

Rinke holte die Zigaretten hervor und bot dem Jungen eine an. Bläser, Streicher und Gesang überschlugen sich vor Begeisterung und das Stück mündete in einen Flamenco-Rhythmus. Rinke deutete Tanzbewegungen an, wiegte Hüften und Schultern. Piet rauchte verbissen.

Die Tapetentür ging wieder auf, die Bardame steuerte auf sie zu, blieb dicht vor Rinke stehen und sagte: „Mir könntest du auch mal eine anbieten."

Rinke hielt ihr die Packung hin und gab ihr Feuer. „Die Marke passt zu dir."

„Na klar." Sie blies den Rauch über ihn hinweg. Sie war größer als er, obwohl sie nur Sandalen trug.

„Kommt mal mit. Aber fass bloß nichts an", sagte sie zu Piet, dessen Blick immer wieder klammheimlich zu den Animiermädchen schweifte. „Sonst kriegen wir noch Ärger von wegen Sitte und Moral." Die Mädchen kicherten.

Hinter der Tapetentür führte eine schmale steile Treppe nach oben. Die Bardame ging mit klappernden Sandalen voran, das Kleid leicht geschürzt. Die trällernde Stimme von Caterina Valente folgte ihnen.

Oben ein Flur mit gelb-grün gestreifter Tapete und eine Reihe Türen mit Nummern, die allerdings keine Reihenfolge ergaben. Sie trat vor eine, die halb geöffnet war, und deutete mit dem Daumen hinein: „Bitte."

„Herzlichen Dank für Ihre Mühe", sagte Rinke, was sie wohl als Frechheit interpretierte, denn sie verzog abweisend das Gesicht. Rinke grinste und trat ein. Der Junge folgte, schloss die Tür und baute sich dahinter auf, breitbeinig, Arme verschränkt.

„Guten Tag, Otto."

„Entschuldigung." Ein kleiner Mann in braunem Anzug mit gepunkteter Krawatte, weiß-braunen Budapestern und einem dünnen, schwarzen Oberlippenbart unter einer prominenten Hakennase stand von einem Doppelbett auf, das den größten Teil des Raumes einnahm. Darauf lag eine üppige Brünette in Lederkostüm mit vielen Schnüren und begutachtete sich im Spiegel hinter dem Bett.

„Du kannst gehen, Eva", sagte der kleine Mann.

Sie verschwand nach draußen, auf hohen, dünnen Absätzen balancierend. Ihr linkes Auge umrahmte ein tiefdunkles Veilchen.

„Entschuldigung, wir hatten eine Besprechung."

Rinke deutete auf sein Auge und sagte: „Hatte sie das schon vor der Besprechung?"

„Hör mal, für wen hältst du mich? Ich bin doch kein Unmensch. Im Gegenteil, ich musste sie trösten. Das gehört zum Geschäft." Ob er das Veilchen meinte oder das Trösten, blieb offen.

Die beiden Männer gaben sich die Hand.

Ullmanns Blick fiel auf Piet, der dastand wie Pik Sieben. „Wer ist das denn?"

„Mein Lehrling."

„Wie heißt du?", blaffte Ullmann.

„Peter Kummerfelt", stieß der Junge hervor wie beim Appell.

Ullmann schaute Rinke an. „Der muss ja noch viel lernen."

„Er heißt Piet", sagte Rinke. „Mit einem t hinten."

„Wie lange kennt ihr euch?"

„Seit eben."

„Und den willst du mitnehmen?"

„Er ist mir empfohlen worden."

„Von wem?"

„Erwin aus dem Hippodrom."

„Der hat ein Herz für Trebegänger."

„Und ein Auge für junge Talente."

Beide lachten. Piet schaute sie irritiert an. Er hatte das Gefühl, dass dieser Witz, den er nicht verstand, auf seine Kosten ging.

„Ich arbeite da!", stieß er zornig hervor.

„So?" Ullmann hob eine Augenbraue.

„Er fegt das Sägemehl zusammen", erklärte Rinke.

Ullmann grinste. „Da hat er ja zu tun. Und ein paar Äppel springen auch noch dabei raus."

Piet warf ihm einen finsteren Blick zu.

„Na schön", sagte Ullmann. „Dann gehen wir mal in den Keller und schauen uns die Folterwerkzeuge an." Er zog die Schublade des Nachtschränkchens auf und nahm einen Eisenring heraus, an dem mindestens zwanzig Schlüssel hingen.

Sie stiegen die Treppe ins Erdgeschoss hinab, liefen einen kurzen Gang entlang und gelangten zu einer Tür, die ziemlich morsch aussah, leicht schief hing und vier Schlösser hatte. Ullmann wählte nacheinander vier Schlüssel aus und schloss auf. Die Tür schwenkte langsam auf, sie war sehr schwer wegen der Stahlplatten auf der Innenseite. Sie folgten Ullmann in den Keller, wo er einen Verschlag öffnete, in dem ein paar Kohlen, Briketts und Reste von Feuerholz lagen. Eine weitere Tür mit weiteren zwei Schlössern, dann standen sie in einem Raum, der wie das Büro eines Buchhalters aussah. Mit Schreibtisch, Aktenregal und Rollschrank. Ungewöhnlich waren nur das Gemälde von einem röhrenden Hirsch im Wald, auf dem eine nackte Diana saß, und das „Micky Maus"-Heft auf dem Tisch. Das Titelbild zeigte Donald, wie er mit einem Regenschirm von einer Skischanze springt. In einer Ecke stand ein kleiner Tresor, dessen Schloss herausgebrannt worden war. Daneben lehnten ein Schneidbrenner an der schimmeligen Wand sowie zwei Gasflaschen, die eine rot, die andere blau. Außerdem lagen da noch ein Paar Handschuhe und eine Schutzbrille.

„Bitte schön", Ullmann deutete auf die Geräte. „Zinser, made in Germany. Mit dem haben schon die Gebrüder Sass gearbeitet! Brennt gut und schneidet gut, wie du siehst. Wir haben das Ding spaßeshalber mal ausprobiert. Wir dachten schon, du kommst gar nicht mehr."

„Hat sich was verzögert." Rinke ließ offen was. Ullmann schien das zu akzeptieren.

Rinke griff nach dem Schneidbrenner und inspizierte ihn gründlich. Am Griff war eine kleine Plakette angebracht: schwarzer Adler auf gelbem Untergrund, umrundet von dem Schriftzug „Deutsche Reichsbahn".

„Ist der aus der Zone?"

„Quatsch. Das ist noch bewährtes Handwerkszeug aus der guten alten Zeit. Damit haben die Nazis Eisenbahnschienen im Osten zusammengeschweißt."

„Na, vielen Dank auch. Und meine Vorfahren und ihre Genossen ins KZ transportiert." Rinke verzog das Gesicht.

„Tu nicht so empfindlich", sagte Ullmann. „Du revanchierst dich ja jetzt."

„Ich muss das Ding erst mal ausprobieren."

„Bitte, tu dir keinen Zwang an." Ullmann trat hinter den Schreibtisch, setzte sich in einen quietschenden Drehstuhl, griff nach dem Comicheft und schlug es auf.

Rinke drehte Acetylen und Sauerstoff an und zündete die Flamme. Probierte kurz am Tresor herum, nickte vor sich hin und schien zufrieden. Er schaltete das Gerät aus.

„Wenn ich mich recht erinnere, hat mein Vater auch eine Weile mit so einem Gerät gearbeitet."

„Also bitte, Familientradition", sagte Ullmann, ohne aufzuschauen. „Was willst du mehr."

Piet stand wieder herum wie Pik Sieben.

Ullmann lachte über eine lustige Comicszene mit dem Großen Bösen Wolf. Betont desinteressiert fragte er: „Seit wann bist du raus?"

„Knapper Monat", sagte Rinke, während er das Gas abdrehte und die Schläuche abschraubte.

„Und schon geht's wieder los", sagte Ullmann. „Tja, der Mensch muss arbeiten."

„Ich hab Pläne."

„So?"

„Ja."

„Und zwar?"

„Diese Sache und dann dampfe ich ab nach Spanien. In Marbella scheint die Sonne sogar im Winter und auch nachts."

„Hab davon gehört. Wirst ganz schön ins Schwitzen kommen."

„Genau das ist meine Absicht", sagte Rinke halb ironisch, halb ernsthaft.

Ullmann grinste. „Zum Schweißen braucht man Hitze." Er legte das Heftchen beiseite und schwang die Beine vom Tisch. „Die Leihgebühr krieg ich dann von Eier-Meier, nehme ich an. Kaution hat er ja schon gestellt."

„Gut. Dem gebe ich auch das Werkzeug zurück." Das war nur so dahingesagt. Beide wussten, dass ein Schneidbrenner in der Regel am Tatort zurückblieb.

„Hast wohl immer noch einen Stein bei ihm im Brett."

„Er war gut mit meinem Vater befreundet", sagte Rinke schulterzuckend.

„Na schön, dann los." Ullmann griff unter den Schreibtisch und holte zwei Rucksäcke hervor. Den einen warf er dem verdutzten Piet ins Gesicht, den anderen fing Rinke mit lässiger Geste auf.

„Los einpacken", kommandierte Rinke, und Piet setzte sich endlich in Bewegung.

Sie hoben die Gasflaschen in die Rucksäcke und Rinke schob das Doppelrohrgestänge mit der Düse dazu.

Ullmann schaute zu. Offenbar gefiel es ihm, anderen bei der Arbeit zuzusehen. „Fährst du auch nach Marbella?", fragte er den Jungen.

„Nee."

„Solltest du aber mal tun. Weiß du, was die Flamenco-Tänzerinnen dort machen, wenn sie fertig getanzt haben?"

„Nee."

„Sie packen den Stier bei den Hörnern." Ullmann lachte. Niemand sonst fand das witzig.

Als die Rucksäcke zugeschnürt waren und Rinke ihn fragend ansah, sagte er: „Na dann, adieu."

„Halt!", sagte Rinke alarmiert. „Was ist mit den Papieren?"

Ullmann schlug sich mit der Hand gegen die Stirn. „Ach Gott, wo hab ich nur meinen Kopf! Ja, klar, aber klar. Lasst das Zeug erst mal stehen und kommt mit, wir gehen nach nebenan."

Sie folgten Ullmann nach oben, durch die Bar, hinaus in den peitschenden Regen. Drei Häuser weiter traten sie in das „Foto Atelier Schwan", in dessen Schaufenster neben Hochzeitsfotos und Kinderporträts auch Bilder von Striptease-Künstlerinnen ausgestellt waren.

Zwischen Fotoapparaten, Blitzgeräten, Objektiven, Belichtungsmessern, Super-8-Kameras, Projektoren und Vergrößerungsgeräten sowie Regalen mit Roll- und Kleinbildfilmen, in Schwarzweiß und Farbe, akribisch geordnet nach Lichtempfindlichkeit, stand ein rundlicher Mann mit glattem Schädel, spitzer Nase und Nickelbrille. Weißes Hemd, gestreifte Hosenträger. Ullmann begrüßte ihn spöttisch-herzlich, nannte ihn „mein lieber Schwan" und erklärte: „Das sind die Herren, von denen ich dir erzählt habe. Künstlerporträts für den Außendienst. Die Papierchen hast du bereit, wie besprochen?"

„Sicher", sagte Schwan.

Er führte die beiden Einbrecher in sein Fotostudio und setzte erst Piet und dann Rinke auf einen Hocker vor einer weißen Leinwand. Bevor es blitzte, sagte er jedes Mal: „Lächeln nicht nötig."

Die Bilder wurden mit einer Sofortbildkamera der Marke Polaroid aufgenommen, mithilfe eines Schwamms mit einer Klarlack-Schutzschicht überzogen und anschließend von dem Fotografen an einem Schneidetisch beschnitten und jeweils in eine bräunliche Arbeitskarte für Hafenarbeiter geklebt. Der Kreis des Stempels der „Hamburger Stauerei Gesellschaft" wurde über das neue Foto hinweg vervollständigt. Rinke war Schweißer, Piet musste sich mit dem Rang eines Schweißer-Gehilfen zufriedengeben. Auf der Einteilungskarte für Zusatzkräfte waren Einsatzort und der Name des Frachters vermerkt: Veddel-Kanal/Brandenburger Ufer, „*Tameio*".

Als sie wieder in den Verkaufsraum traten, wurde die Vordertür aufgestoßen und die beiden leichtbekleideten Damen aus der „Roten Katze" stolperten herein. Sie hatten sich Regenmäntel übergeworfen und schleppten jede einen von den schweren Rucksäcken.

„Lasst euch bloß nicht mehr bei uns blicken, ihr Faulpelze", zischte die Blonde.

Und die Schwarzhaarige stöhnte: „Ihr seid wirklich eine Zumutung!"

„Zieht doch Bambi das Fell über die Ohren", brummte Rinke abweisend. Aber er zwinkerte der Dunkelhaarigen zu, die das sehr wohl bemerkte.

Die Frauen drehten sich auf ihren hohen Absätzen um und staksten hinaus in den Regen.

"*Hasta luego!*", rief Rinke ihnen nach.

Kurz bevor die Tür zuschlug, wehte der Wind der Schwarzhaarigen beinahe den Mantel vom Leib und Piet konnte einen Blick auf ihren kurvigen Körper erhaschen. Im Tageslicht sah man, dass sie fast so jung war wie er. Diese kurze Szene spannte die Saite der Sehnsucht in seinem Herzen beinahe bis zum Zerreißen.

"Virginia Peng", sagte Rinke grinsend. Piet zuckte zusammen.

"Musst du noch irgendwohin?"

"Was?"

Rinke deutete auf die Rucksäcke. "Wir müssen die abstellen."

"Ich muss nirgendwohin." So wie er es sagte, klang es, als hätte er noch nie ein Ziel gehabt.

Rinke zog die Zigarettenpackung aus der Manteltasche und steckte sich eine in den Mund, hielt Piet die Packung hin.

"Rauchen verboten!", rief Foto-Schwan. "Feuergefahr!"

Rinke hob den schweren Rucksack hoch und schnallte ihn sich vorsichtig auf den Rücken. Piet tat es ihm nach.

"Ist nicht weit", sagte Rinke. "Gleich um die Ecke."

Als sie an der "Roten Katze" vorbeikamen, war drinnen schon deutlich mehr los. Musik schallte aus dem offenstehenden Eingang: "Tu mir nicht weh, *my darling*, lass mich nie allein."

Der Filzvorhang war aufgezogen. Piet schaute hinein. Ein fetter Kerl legte seine Arme um die Rundungen der Sehnsucht.

„Tu mir nicht weh, *my darling*, ich bin so gern bei dir."

Der Wind schleuderte ihm einen Schwall Regen ins Gesicht. Das Leben war seiner Ansicht nach eine abgeschmackte Sache.

Polizeiobermeister Mattei schaute aus dem Fenster der Polizeidienststelle an der Georg-Wilhelm-Straße in Wilhelmsburg, spürte den Luftzug, der durch die alten Fensterflügel hereinströmte und schüttelte unzufrieden den Kopf. Der Wind schleuderte Regentropfen gegen die wellige Fensterscheibe, dahinter lag die Welt leicht verzerrt in traurigem Zwielicht. Ein paar Bäume reckten ihre Äste gen Himmel und wirkten hilflos in diesem schauderhaften Sturm, der ihre morschen Äste hin und her schleuderte, manchmal sogar einen abbrach und fortwehte. Das Prasseln der Regentropfen ließ ihn frösteln. Eine Woche Spätdienst erwartete ihn. Keine angenehme Aussicht.

Das Gerücht ging um, sie würden bald eine neue Dienststelle bekommen. Wer's glaubt, wird selig, dachte Mattei. Er spähte nach links, dorthin, wo neue Wohnhäuser hochgezogen wurden. Einige Rohbauten waren schon fertig. Aus Beton, nicht aus diesem morschen Backstein, den sie vor ewigen Zeiten beim Bau des Polizeigebäudes verwendet hatten. Eine feste Burg war diese Polizeiwache bestimmt nicht. Und sowieso viel zu klein. Die Beamten hockten in kleinen Zimmern eng beieinander, sogar die höheren Dienstgrade mussten sich ihre Schreibpulte teilen. Manchmal gab es Streit, wenn die Männer zum Dienstschluss rasch ihre Berichte fertigmachen wollten und nicht genug Platz hatten. „Gnade euch Gott, wenn meine Bratkartoffeln verbrannt sind, wenn ich nach Hause komme!", war ein geflügeltes Wort unter den Beamten. Es war schon so oft ausgesprochen worden, dass keiner mehr lachte, wenn der Spruch mal wieder fiel.

Polizeiobermeister Adrian Mattei hatte den Satz noch nie von sich gegeben. Zum einen, weil da niemand war, der ihm zu Hause Bratkartoffeln machte, zum anderen, weil er Bratkartoffeln sowieso nicht mochte. Sie waren ihm zu fettig und er achtete auf seine Linie. Heutzutage reichte es nicht mehr, eine Uniform zu tragen, man musste schon gut aussehen, um den Mädchen zu gefallen. Bratkartoffeln und Bier waren da wenig hilfreich. Wenn ich nicht bald eine abkriege, überlegte er, fahre ich nach St. Pauli und schaue mich da um, in Zivil natürlich. Das war eine Drohung, die er ab und zu in Gedanken formulierte, sie aber nie wahr werden ließ aus Angst vor möglichen Konsequenzen.

POM Mattei war ein Mann, der grundsätzlich Angst vor Konsequenzen hatte. Der Sturm da draußen zum Beispiel könnte ihm eine schlimme Erkältung bescheren. Und dann müsste er in seiner Einzimmerbude im Bett liegen bleiben und den Pfefferminztee seiner Vermieterin trinken. Pfui Spinne! Dann lieber Spätdienst schieben. Und sich vorsorglich einen Schal umbinden, weil die Fenster so schrecklich undicht waren.

Die Tür ging auf und mit einem unangenehmen Lufthauch kam der Kollege Danner herein. Polizeimeister Danner, stets diensteifrig, aber seltsamerweise immer ein klein wenig zu spät. Was er auch jetzt auf seine typische Art überspielte, indem er so tat, als sei jemand anderes schuld: „Wo bleibst du denn?", fragte er.

Sie duzten sich seit Kurzem. Seit der Abschiedsfeier für den alten Eberhardt, den früheren Revierleiter. Zu spät war Mattei aufgegangen, dass es ein Fehler war, sich mit einem Untergebenen zu duzen. Aber wie machte man so was rückgängig? Der blonde, sportliche Danner war ihm kurzzeitig sympathisch erschienen. Das hatte wahrscheinlich am Bier und am Schnaps gelegen und daran, dass dieser Danner, der zwei Jahre jünger war als er, seine hübsche Verlobte bei sich gehabt hatte. Mit der konnte man es aushalten, mit ihrem Verlobten nicht so.

„Hab auf dich gewartet", sagte Mattei knapp. „Und guten Tag übrigens."

„Moin Moin. Ich hab mir noch die Fahndungsmeldungen angeschaut."

Immer eifrig, der Danner, beim Kaschieren eigener Versäumnisse.

„Hier, frisch eingetroffen." Danner wedelte mit einem Blatt herum. „Das solltest du dir anschauen, bevor wir die Runde drehen. Wir kriegen den Taunus." Danner hatte ein Faible für neue Autos. Und tatsächlich, das musste Mattei zugeben, war der neue Ford Taunus 17-Peterwagen ein toller Schlitten. Bei dem konnte man ordentlich Gas geben, wenn es drauf ankam. Nur das Funkgerät funktionierte nicht immer so, wie es sollte. Ursache dafür war angeblich, dass ihr Einsatzgebiet südlich der Elbe in einer Senke lag.

Mattei nahm das Blatt Papier und warf einen Blick darauf. Ein Phantombild. Na ja. Er hatte so seine eigene Meinung zu Phantombildern. Die waren mitunter recht kunstvoll gezeichnet, nützten aber niemandem etwas, weil sie ja ein Phantom zeigten und keine echte Person. Das Phantom war eine Vermutung, eine Annäherung an die Fantasie eines Zeugen, der diese Person irgendwann einmal zu sehen geglaubt hatte. Aber wie beschreibt man einen Menschen, wenn man das nie gelernt hat? Wie erklärt man einem Zeichner, dass die Schablonen, die er als Hilfestellung benutzt, gar nicht zutreffen können, weil kein Mensch eine Schablone ist? Früher hieß es, Verbrecher hätten eine bestimmte Physiognomie, weil das Kriminelle angeboren sei. Heute durfte ein Verbrecher aussehen wie du und ich. Manchmal sogar wie ein Engel. So wie in diesem Fall.

Mattei starrte das Porträt einer schönen jungen Frau an. Zweifellos hatte der Zeichner hier eine ungewöhnlich künstlerische Leidenschaft entwickelt: Dunkle Locken umrahmten ein ebenmäßiges Gesicht mit sinnlichen Lippen und dunklen leidenschaftlichen Augen unter dichten, wohlgeformten Brauen. Hohe Wangenknochen und eine gerade Nase verliehen dieser Verbrecherin ein wenig Noblesse. Sie hätte Schauspielerin sein können. Oder so eine aus St. Pauli, eine wie die Nitribitt vielleicht, aber mit vornehmen römischen Gesichtszügen. Meine Güte, warum musste das eine Verbrecherin sein?

„Was hat die ...?"

„Mord."

„Im Ernst?"

„Schönheit schützt vor Bosheit nicht", sagte Danner. „Die hat eine Leidenschaft für Soldaten."

„Tatsächlich?"

„Mordet sich quer durch die alte Wehrmacht. Vielleicht ist sie ja eine Spionin."

Mattei war sprachlos. Seine Fantasie ging mit ihm durch. Mata Hari? Kurz glaubte er, die Lippen der schönen Frau würden sich bewegen, mit kokettem Schalk das Wort „Adrian" formen. Es ihm ins Ohr hauchen. Er hatte durchaus manchmal erlebt, dass Frauen seinen Vornamen interessant fanden. Früher hatte er dann noch einen draufgelegt und erklärt, sein Nachname Mattei sei italienischen Ursprungs. Was ja stimmte. Seine Vorfahren waren vor langer Zeit, noch vor dem Krieg, nach Deutschland gekommen. Damals, als ein Italiener noch was Besonderes gewesen war. Das war heute leider anders. Heute dachte jeder gleich an Gastarbeiter, nicht an Opernsänger oder Eisverkäufer. Einmal hatte eine ihn gefragt, ob er ein Messer bei sich trüge. Da hatte er empört erklärt, er sei Polizist. Woraufhin die Dame sich abgewendet hatte mit dem Wort: „Hochstapler!"

Kurzum, Polizeiobermeister Mattei hatte bislang vor allem Pech bei den Frauen gehabt. Weshalb das Porträt einer leidenschaftlichen Schönheit ihn zu allerlei Assoziationen anregte. Wer so schön ist, kann doch nie und nimmer böse sein, oder?

„Alles klar?", fragte Danner. „Wir müssen."

„Ja, ja. Ich will mir nur das Gesicht einprägen."

„Falls wir ihr zufällig begegnen", spottete Danner.

„Ja, genau. Damit wir sie identifizieren können."

„Identifikation einer Frau", sagte Danner mit anzüglichem Grinsen. „Das tue ich am liebsten."

Mattei schaute zur Wanduhr: „Oh, wir müssen los!" Es kotzte ihn an, wie Danner immer wieder mit seinen Frauengeschichten prahlte. „Du fährst", fügte er hinzu.

Sie waren schon fast zur Tür raus, als Mattei bemerkte, dass er das Phantombild noch immer in der Hand hielt. Er brachte es dem Wachhabenden zurück.

Draußen ließ Danner den Motor des Ford Taunus aufheulen. Mattei taumelte kurz, als eine Windböe ihn erfasste. Später muss er mich ans Steuer lassen, nahm er sich vor, ich bin immerhin sein Chef.

Das „Hotel Seepferdchen" in der Seilerstraße auf St. Pauli war eine Absteige für alle, die nicht gesehen werden wollten, jedenfalls nicht tagsüber. Es befand sich in den drei Etagen eines schmalen Backsteinhauses, das den Feuersturm 1943 nur knapp überlebt hatte, im Gegensatz zu den Gebäuden rechts und links neben ihm. Die drei Etagen lagen über einer Bar im Souterrain, die auch als „Hotellobby" diente. 1941 war hier ein inoffizieller Klub der Swing-Jugend ausgehoben worden. 1942 hatten Nazi-Bonzen den Besitzer gezwungen, in den Stockwerken eins bis drei ein Spezial-Bordell für „besonders verdienstvolle Offiziere der Schutzstaffel" einzurichten. Das hatte den Vorteil gehabt, dass das Haus nicht mehr von Razzien heimgesucht wurde. Da die verklemmten SS-Offiziere nie gewagt hatten zu fragen, was denn im vierten Stockwerk und im Dachgeschoss vor sich ging, blieben die dorthin geflüchteten knapp vierzig Juden unbehelligt. Ihre Verpflegung war bis zum August 1943 problemlos über die beiden Nachbarhäuser erfolgt. Danach waren waghalsige Kletteraktionen durch die ausgebrannten Ruinen nötig gewesen, um die Untergetauchten zu versorgen. Ab Oktober 1944 war dann eine Beherbergung der SS-Männer nicht mehr möglich gewesen, weil die jungen Männer, die zu ihrer Betreuung bereitgestanden hatten, zum Volkssturm abkommandiert worden waren. Und die Juden hatten nun mehr Platz zum Überleben gehabt.

Lucius Rinke wusste von der Vergangenheit dieses Hauses. Er fand, dieses Haus passte zu ihm. Schließlich waren seine Eltern auch von den Nazis verfolgt worden, wenn auch aus politischen Gründen.

Er schob die klapprige Souterrain-Tür auf und eine Glocke ertönte wie bei einem Laden. Nach dem Eintreten gelangte man zunächst in einen Vorraum mit einer Garderobe auf der linken und einer Rezeption auf der rechten Seite. Die Garderobe war leer, hinter dem Pult saß ein kleiner knorriger Mann mit Ärmelschonern und großer Hornbrille. Er rauchte einen Zigarillo und nickte Rinke zu wie einem Stammgast. Mit der linken Hand schob er ihm einen Schlüssel zu, mit der rechten drückte er unter dem Pult auf einen Knopf. Ein Summer ertönte, das Türschloss klickte. Rinke musste einige Kraft aufwenden, um die Tür aufzuschieben.

Der Gastraum nahm das gesamte Souterrain ein und war auf der einen Seite eine Biedermeier-Kneipe, auf der anderen eine Cocktailbar. Schummrige Beleuchtung. In der Mitte befand sich die halbrunde Theke. Rechts wurden die Getränke auf Bierdeckeln serviert, links auf Spitzendeckchen.

Piet folgte Rinke ins Treppenhaus, das hinter der Theke nach oben führte. Zimmer 31 im dritten Stock. Zwei einzelne Betten. Sie stellten ihre Rucksäcke ab.

„Hast du 'ne Bleibe in der Nähe?", fragte Rinke.

„Gar keine."

„Dann pennst du halt auch hier."

Piet ließ sich rückwärts auf das Bett fallen, auf das Rinke deutete. Er seufzte und breitete die Arme aus, ein Lächeln umspielte seine Lippen.

„Bequem?", fragte Rinke.

Piet rollte auf die rechte Seite, dann auf die linke, als wüsste er gar nicht, wie man es sich bequem macht.

„Scheint so", meinte Rinke trocken. Er warf seinen Mantel auf den einen Stuhl, setzte sich auf den anderen und zündete sich eine „Juno" an. Dann dachte er nach. Der Junge starrte zur Decke. Draußen heulte der Wind, der Fensterkasten klapperte leise.

„Na schön." Rinke drückte die Kippe in den Aschenbecher mit der „Bill-Bräu"-Reklame und stand auf. „Du gehst besser nicht mehr weg. Unten in der Kneipe kriegst du 'ne Wiener oder so was. Ich muss noch ein paar Sachen erledigen. Wir trinken dann später ein Bier zusammen."

Dem Jungen fielen sowieso schon die Augen zu.

Rinke schloss leise die Tür hinter sich und stieg die knarzenden Treppen hinunter. Er dachte an seine Eltern, die 1934 nach einer waghalsigen Befreiungsaktion mit knapper Not aus St. Pauli flüchten konnten. Die waren total verrückt, dachte Rinke, wenn man mal ernsthaft drüber nachdenkt ... meine Güte. Er kam an einem halbblinden ovalen Spiegel vorbei und betrachtete sein kantiges Gesicht. „Und da siehst du, was dabei herauskommt." Er zog sich die Schirmmütze leicht schräg in die Stirn und grinste: „Verbrechervisage."

An der Rezeption sagte er zu dem alten Mann: „Der Junge soll nicht mehr raus. Wenn er doch geht, lass ihn nicht mehr rein."

„Ist recht." Der erloschene Zigarillo wanderte in seinem Gesicht von links nach rechts. „Gehst du zu Dimitrios?"

„Wieso?"

Der Alte beugte sich nach unten und brachte ein paar Gummistiefel zum Vorschein: „Hier."

„Was soll ich denn damit?"

„Wirst schon sehen. Kannst sie hier reintun." Er hielt ihm eine Sporttasche mit Reißverschluss hin.

„Scheiß Fürsorge", sagte Rinke.

Der Alte grinste schief. „Bedanken kannst du dich an Weihnachten."

Mit hochgestelltem Mantelkragen, die Mütze noch tiefer ins Gesicht gezogen und gegen den Sturm gestemmt, machte Rinke sich auf den Weg runter zur Großen Elbstraße.

Dort angekommen, stellte er fest, dass der Alte, wie immer, recht gehabt hatte. Das Wasser stand hier zwanzig Zentimeter hoch und schwappte gegen die Hauswände der diversen Frischfisch-, Räucherfisch- und Konservenhandlungen. Zwar gab es viele Gebäude mit Laderampen über die man steigen konnte, aber dazwischen lagen breite Überschwemmungszonen. Hier und da hatte jemand versucht, mit Kisten und Brettern Wege zu bauen, aber die waren zum Teil schon wieder weggeschwemmt worden.

Also tauschte Rinke seine Halbschuhe gegen die Gummistiefel und nahm sich vor, dem Alten an Weihnachten eine Kiste Zigarillos zu schicken.

Die Wellen schlugen manchmal so hoch, dass Rinke Angst hatte, das Wasser könnte über den Rand der Gummistiefel schwappen.

Am Fischereihafen lag ein Hochseefangschiff, drei Kutter waren zu sehen. Jedes Mal, wenn er hierher kam, waren es weniger Schiffe. Angeblich sollte es darauf hinauslaufen, dass die Fische in Zukunft nur noch mit Lastwagen angeliefert wurden. Rinke fand das verrückt. Wo sie doch vor ein paar Jahren erst die Gebäudereihe mit den hübschen zweistöckigen Buden für die Großhändler fertiggestellt hatten.

Er ging die Rampe entlang. Laster waren keine zu sehen, die hatte man wohl vorsorglich vor dem Hochwasser in Sicherheit gebracht. Die Geschäfte waren jetzt am Nachmittag schon lange geschlossen.

Zu seinem Leidwesen musste Rinke wieder von der Rampe runter ins Wasser. Vorbei an der Köhlbrandtreppe, die den Hang hinaufführte. Die hätte er mal nehmen sollen, wäre weniger mühsam gewesen. Über dem windschiefen Fachwerkgebäude, das er ansteuerte, stand in verblichenen Buchstaben auf einem Blechschild: „Theodor Hammer – Technische Ausstattungen". Die Firma hatte es nie gegeben. Das Gebäude diente schon seit Jahrzehnten einem findigen Geschäftsmann als Stützpunkt. Es war so dicht an den Elbhang gebaut worden, dass man vor langer Zeit einmal einen Tunnel gegraben hatte, der durch den Berg hinauf nach Altona in die Kanalisation führte. Kein Schellfischtunnel, der befand sich weiter westlich, nein, ein Schmugglertunnel. Von dessen Existenz wussten nur wenige, aber auf ihm basierte seit knapp drei Jahrzehnten das Geschäftsmodell von Dimitrios Felten. Nicht dass er schmuggelte, nein, er lagerte. Zollfrei, steuerfrei und frei vom Zugriff der Polizei, die nichts von dem Tunnel wusste, der Felten als Lagerraum und Umschlagplatz für kleine und große Kostbarkeiten diente, die überraschend ihren Besitzer gewechselt hatten.

Felten war hoch angesehen bei allen Individuen, denen der Slogan „Eigentum ist Diebstahl" ein Ansporn war. Also auch bei Lucius Rinke, dessen Vater schon mit Felten kooperiert hatte.

Das Haus lag leicht erhöht am Hang und hatte ein Hochparterre. Auf diese Weise war es meist vor dem Hochwasser geschützt. Diesmal aber leckten die Fluten schon an der fünfstufigen Treppe, die zur Eingangstür führte. Darüber ein Balkon. Von einem Balken hing eine Glocke. Rinke machte sich den Spaß, damit zu läuten, anstatt die elektrische Klingel zu benutzen.

Die Tür ging auf und ein rundlicher kleiner Mann in einem weiten schwarzen Anzug, weißem Hemd, Hosenträgern mit Ankermuster und fliederfarbener Krawatte, breitem Mund und platter Nase schaute ihn grimmig an. Er musste ungefähr siebzig Jahre alt sein.

„Das hat dein Vater, der Spaßvogel, auch immer so gemacht", sagte er zur Begrüßung.

„Ich weiß."

„Beim ersten Mal ist es noch witzig, beim zweiten Mal eine Reminiszenz, aber ab dem dritten Mal …"

„… wird es Tradition", fiel Rinke ihm ins Wort.

„Na, komm rein, meine Junge."

Der kleine, dicke Mann umarmte seinen Besucher linkisch und führte ihn in den „Salon", der aussah, als wäre er aus einem Ozeandampfer der Jahrhundertwende hierher versetzt worden. Dimitrios Felten hatte die Einrichtung über die Jahre hinweg vervollkommnet. Es war alles da, was man sich auf hoher See an Luxus vorstellen konnte. Tropenholz, wohin man schaute. Zur Ausstattung gehörten unter anderem ein Esstisch, ein Spieltisch, eine Sesselgarnitur, Bücherschränke, ein Billardtisch, eine kleine Bar, Lampen und Lüster, alle mit grünen Schirmen versehen, diverse maritime Geräte, angefangen beim Barometer bis hin zum Stehkompass, eine Garderobe und ein Sofa, auf dem eine schläfrige Siamkatze lag und den Eintretenden misstrauisch anblickte.

Felten bot seinem Besucher einen Whisky von der Insel Islay an, den Rinke gern annahm.

Während sein Gastgeber die Gläser füllte, wechselte Rinke das Schuhwerk und packte die Gummistiefel wieder in die Sporttasche. Die Siamkatze verfolgte jede seiner Bewegungen.

Sie nahmen auf der Sesselgarnitur Platz. Zwischen ihnen stand ein Nierentisch mit einem braun-rot-schwarzen Muster aus Bakelit-Quadraten und -Rechtecken. Auf den Whiskygläsern prangte der rot-weiße, dynamische Schriftzug der „BEA". Feltens Tochter arbeitete als Stewardess bei der britischen Fluggesellschaft. Die Tumbler hatte sie ganz legal entwendet.

Felten hob sein Glas: „Freut mich, dass du wieder unter den Lebenden weilst."

„Danke. War ein bisschen lang dieses Mal. Dreizehn Monate. Ich dachte schon, ich setze Patina an."

„Oder wirst mumifiziert." Felten lächelte freundlich.

„Das Problem da drin ist, dass sie sich weigern, einem vernünftige Lektüre zu besorgen. Die Gefängnisbibliothek taugt nichts. Aber keiner erlaubt dir, mal in die Öffentlichen Bücherhallen zu gehen oder dort zu bestellen."

„Was fehlte denn in der Knastbibliothek?"

„Balzac. Menschliche Komödie."

„Ziemlich umfangreich. Hättest du was gesagt …"

„Kein Kontakt im Brandfall hast du gesagt."

„Na ja, über drei, vier Ecken wär's vielleicht gegangen."

„Das nächste Mal …"

„Wieso ausgerechnet Balzac?", fragte Felten.

„Es gibt da in diversen Romanen eine Figur, die mich interessiert."

„Jacques Collin."

Rinke fühlte sich ertappt. „Stimmt."

„Weil er dich an deinen Vater erinnert. Ein echter Berufsverbrecher. Ich habe immer bewundert, dass er trotz fehlender bürgerlicher Fassade nie erwischt wurde. Na ja, fast nie."

„Er liebte den Untergrund."

„Wie deine Mutter. Ihr seid eine echte Maulwurffamilie." Felten nippte an seinem Whisky.

„Meine Mutter war keine Verbrecherin. Sie war im Widerstand."

„Im politischen. Nicht im kriminellen so wie ich." Felten lachte.

„Ja, sie hat gegen die Faschisten gekämpft, macht sie immer noch. Jetzt wieder mit der Schreibmaschine."

„Artikel für die Deutsche Volkszeitung zu schreiben, gilt hierzulande beinahe schon als Verbrechen."

„Du übertreibst."

„Nur ein bisschen. Freut mich, dass deine Mutter sich nicht unterkriegen lässt."

„Ja", sagte Rinke leise und starrte vor sich hin.

„Und du?"

Rinke nahm einen Schluck Whisky und zuckte mit den Schultern. „Keine Ahnung."

„Was bleibt uns denn übrig?", ereiferte sich Felten. Er breitete die Arme aus: „Die Welt ist ein Schlaraffenland, aber die gebratenen Tauben landen immer in den Mäulern der anderen. Also ist Selbsthilfe gefragt."

Rinke ließ den Whisky im Glas kreisen. „Ich denke immer mal drüber nach."

„Über was?"

„Was das soll … Ich meine, einerseits kannst du nicht mitmachen in diesem verlogenen Spiel, in dem die angeblich Gesetzestreuen sich gegenseitig abzocken. Andererseits wird das, was ich mache, immer riskanter. Das nächste Mal brummen die mir fünf Jahre auf. Dann ist es aus mit mir."

„Lass dich nicht erwischen, Lou!"

„Ja, genau ..." Der Bernsteinglanz des Whiskys machte Rinke melancholisch. „Nach dem nächsten Ding hau ich ab. Endgültig."

„Ach ... Wohin denn?"

Rinke zögerte. „Na ja ... also, ich sage immer Marbella. Weil das alle sagen, die wegmüssen."

„Spanien liefert nicht aus. Ist aber eine faschistische Diktatur."

„Ja, eben. In Wahrheit will ich woandershin. Karibik."

„So, so. Wegen der Musik?"

„Musik und Politik."

„Ah, Kuba!"

„Vielleicht." Rinke starrte träumerisch ins Nichts. „Ich bin doch ein halber Spanier ... zwei Jahre Katalonien, dann das Exil in Mexiko. Das Hispanische liegt mir vielleicht nicht im Blut, aber in der Seele."

„Wenn du lieber Rum trinken willst ..." Felten deutete zur Bar.

„Lass uns von was anderem reden, Dimitrios. Die Zeit drängt." Rinke schaute nervös auf seine Armbanduhr. Eine Patek Philippe, die sein Vater ihm geschenkt hatte, nachdem er sie in einer Villa in Harvestehude erbeutet hatte. Das Glas war ziemlich zerkratzt.

„Ach was." Felten machte eine beschwichtigende Handbewegung. „Es ist alles organisiert. Keine Panik. Aber nun erzähl mal, was ich erwarten kann."

„Säckeweise Gold."

„Gold in Säcken?"

„War nur so dahingesagt. Goldbarren natürlich. Kann auch sein, dass Münzen dabei sind oder Schmuck."

„Barren sind prima. Münzen auch. Aber Schmuck ist immer heikel. Bleibt er erhalten, kann er identifiziert werden. Nehmen wir ihn auseinander, sinkt der Wert. Weißt du ja selbst."

„Ich mag das Gold auch lieber lose und zur freien Verfügung." Rinke grinste. Seine melancholische Phase war vorbei. Er fühlte sich beschwingt. Lag's am Gold? An der „Malaguena", die ihm wieder in den Sinn gekommen war? Er klopfte den Flamenco-Rhythmus auf die Sessellehne. Vielleicht fand er ja so eine wie die Valente auf Kuba. Eine, die diese überschäumende Fröhlichkeit verbreitete und trotzdem heißblütig war. Bloß nicht zu kompliziert. Ein einfaches Mädchen mit Rhythmus. Und wallenden schwarzen Haaren. *Chic chicco chi ca ...*

„Und wo hast du die Säcke aufgetan?", fragte Felten.

„Da liegt ein Frachter im Hafen ..."

„Sag bloß."

„Der hängt fest im Spreehafen und kommt nicht weg."

„Mit 'ner Ladung Gold an Bord."

„Red keinen Quatsch, Dimitrios! Das Gold ist illegal dort. Das ist ja der Witz. Deshalb ist es eine todsichere Sache. Die Polente kann nicht alarmiert werden."

„Illegale Goldbarren liegen da herum. Im Freihafen. Und der Zoll weiß nix davon?"

„Es ist keine große Ladung. Das Zeug ist in einem Safe. Und da hat noch keiner reingeschaut."

„Wer erzählt dir denn solche Märchen?"

„Leute, die es wissen."

„Und die das Zeug nicht selbst da rausholen können?"

„Nicht wollen, weil sie keine Profis sind."

„Hör mal, Lou. Du willst mir hier irgendwelches dubioses Gold anschleppen ... ich hätte schon gerne gewusst woher und wieso ..."

„Der Tipp kommt von Freunden meiner Eltern. Kapiert? Da steckt was Politisches dahinter, verstehst du?"

„Nee, gar nicht."

„Kriegsbeute, okay? Und jemand will das jetzt zu Geld machen. Ein Extrageschäft des Kapitäns. Der hat diese Sonderladung schon seit Piräus im Laderaum, schön vernagelt in einer Bretterkiste. Die Reederei weiß nichts davon. Der Frachter wartet auf neue Ladung. Die kommt mit dem Zug. Maschinen aus dem Sauerland. Dann geht's ab nach Argentinien. Aber das Gold soll hierbleiben. Ein Hamburger Geschäftsmann mit Verbindungen nach Griechenland hat da seine Hände im Spiel."

„Wer?"

„Keine Ahnung, es wurde kein Name genannt."

„Aber du bist dir sicher ..."

„... weil meine Informanten ihre Informanten da unten haben."

„Das klingt mir verdächtig nach Politik." Feltens Gesichtsausdruck machte deutlich, dass er es ablehnte, in diesen Gefilden zu fischen.

„Nein! Sieh mal: Eigentlich sollte der Tresor schon in Piräus geknackt werden. Aber dann sind die aufgeflogen. Es gab eine Schießerei mit der Hafenpolizei ... na ja, die Sache ist gescheitert. Es hieß dann, greift in Marseille zu.

Aber da hat das Schiff gar nicht festgemacht, sondern ist direkt bis Hamburg gefahren. Und hier haben die niemanden."

„Und da springst du ein?"

„Nicht direkt, ich arbeite mit niemandem zusammen. Ich nutze nur die Gelegenheit."

„Was hat der Kahn denn sonst noch geladen?"

„Teppiche und Textilien aus Persien waren noch drauf. Ist alles gelöscht. Jetzt warten sie auf die Maschinen. Das dauert noch. Die Besatzung ist in der Stadt. Nur der Steuermann ist an Bord und ein Matrose. Mein Kontakt …"

„Wie kommst du denn an den?"

„Na ja, ein Bekannter meiner Mutter, der da unten im Bürgerkrieg …"

„Also doch was Politisches!"

„Nur indirekt. Und ich doch nicht. Ich will das Gold!"

„Wieso nimmt sich dein Kontaktmann das denn nicht?"

„Der hat keine Ahnung von der Technik. Es handelt sich um einen Bode-Panzer-Tresor aus den Dreißigern. Den haben sie in die Kiste verpackt und mit einem Kran reingehievt. Ein Monstrum aus Stahl und Beton. Zwei Meter hoch und eineinhalb Meter breit. Mit Kombinationsschloss. Den kriegt man nur auf, wenn man weiß, wie's geht. Mein Vater war Experte für Bode-Panzer. Er hat mir einiges beigebracht."

„Ein Traditionsunternehmen …"

„Klar, einen Bode zu knacken, ist die hohe Schule."

„Wie lange brauchst du dafür?"

„Eineinhalb Stunden schätzungsweise."

„Und bei schwerem Seegang?"

„Was?"

„Der Sturm soll noch zunehmen. Es wird ungemütlich im Hafen. Auf dem Frachter könnte es ein bisschen wacklig werden."

„Das wäre mir egal, ich werde nicht seekrank. Aber der Tresor steht ja schon im Schuppen."

„Auf dem Schiff würde ja auch alles auf deinen Verbindungsmann hindeuten."

„Eben."

„Vielleicht spielt dir das Wetter in die Hände. Bei Sturm ducken sich alle weg. Und wann erwarte ich dich hier?"

„Übermorgen zwischen vier und fünf Uhr in der Früh. Aber natürlich nur, wenn du mir den Lieferwagen besorgst."

„Klar. Steht morgen früh bei dir um die Ecke."

„Am besten dunkel und mit unverfänglicher Beschriftung."

„Klar."

„Prima." Rinke stand auf und streckte sich. Ein leichtes Kribbeln breitete sich in seinem Körper aus, von den Fingerspitzen in die Hände und über die Arme bis in den Kopf. Und irgendwo weit hinten in seinem Bewusstsein, in der Echokammer seiner Sehnsüchte, rauschte die Flutwelle der Streicher des Orchesters Werner Müller und eine trällernde Stimme erhob sich zum rhythmischen Klappern der Kastagnetten.

„Wie viel darf ich denn erwarten?", fragte Felten.

„Zwanzig Stück mindestens, nach der Größe des Tresors zu urteilen."

Felten kniff die Augen zusammen. „Das sind zweihundertfünfzig Kilo oder mehr. Wie willst du das alles tragen?"

„Ich hab einen Esel."

„Hoffentlich ist der nicht störrisch."

„Nicht so störrisch wie deine Katze." Rinke deutete auf das Sofa, wo die Augen der Siamkatze mysteriös flackerten wie die Szintillatoren einer Röntgenkamera.

„Sie will dich nur darauf aufmerksam machen, dass du deine Gummistiefel wieder anziehen musst, bevor du rausgehst", sagte Felten.

Der Wind bauschte Rinkes Mantel. Der Wind kam von Westen, stupste, schob und drückte ihn von hinten, warf sich plötzlich seitlich auf ihn und fauchte unter ihm hindurch wie ein Raubtierkind, das mit seiner Beute spielt, bevor es ihr den Garaus macht. Dazu kam der fiese Sprühregen, der ihm mal von der einen, mal von der anderen Seite ins Gesicht geschleudert wurde.

Die Dämmerung brach herein. Hier und da warfen Funzeln an den Schuppen oder vereinzelte Straßenlaternen, die sich sachte im Wind wiegten, vergilbtes Licht auf Teilbereiche des überschwemmten Fischereihafens. Viele Ecken lagen schon im schwarzen oder dunkelgrauen Schatten. Überall gluckste und platschte es. Holzbohlen und Kisten hatten sich selbstständig gemacht, Plastikfässer waren in eine Ecke zwischen zwei Rampen geschwemmt worden und stießen gegeneinander wie Betrunkene in einer Seitenstraße der Reeperbahn.

War das Wasser gestiegen? Hatte es den Höchststand erreicht? Rinke ließ seinen Blick vom Hafenrand über die Elbe schweifen. Schattenrisse von Frachtschiffen, die sich schwerfällig durch die Wellen schoben oder müde an den Kais lagen. Hier und da kämpfte sich eine Barkasse durch die peitschenden Wellen. Zwei Schlepper arbeiteten sich stoisch elbabwärts. Ein Lotsenschiff huschte vorbei, es sah aus, als würde es auf den Wellen tänzeln. Für kleine Schiffe war die zappelige Dünung auf der Elbe schwere See.

Na ja, dachte Rinke müde, wenn die Flut zurückgeht, wird es ruhiger, und auch dieser beschissene Wind wird nachlassen und der Regen aufhören. Und selbst wenn nicht, die Wetterlage spielt mir in die Hände – schlechte Sichtverhältnisse und eine unangenehme nasse Kälte, die dafür sorgen wird, dass alle Aufpasser, Aufseher und Hüter fremden Eigentums sich lieber in ihre Hütten an den warmen Ofen verziehen, als den Freihafen nach etwaigen Dieben oder Schmugglern abzusuchen.

Wie um seine Gedanken zu torpedieren, kam ein Boot vom Zoll in Sicht. Es lag gefährlich schief. Rinke grinste. Dann schrie er auf und schaute nach unten: Ein Holzbalken war von einer Welle gegen sein Schienbein geschleudert worden. Das Wasser schwappte über den Rand der Gummistiefel. Womit die Frage nach dem Wasserstand beantwortet war.

Er beeilte sich, den Elbhang zu erklimmen. Ein Glas Grog im „Schellfischposten" wäre schön gewesen, aber trockene Füße waren ihm jetzt wichtiger. Hastig stieg er die Köhlbrandtreppe hinauf. Oben angekommen wechselte er die Schuhe. Die Strümpfe musste er auswringen. Was für ein Glück, dass St. Pauli oben auf dem Berg lag, bis dorthin reichten die kalten Finger des Blanken Hans nicht. Aber was für eine Attraktion wäre es, wenn am Straßenrand nicht diese aufdringlichen Nutten stünden, sondern Meerjungfrauen plätschernd ihre Zuneigung anböten! Rinke schüttelte den Kopf. Diese Fantastereien, die in letzter Zeit durch sein Gehirn gaukelten, bereiteten ihm Sorgen. Er war mal knallharter Realist gewesen. Aber im Knast, in der Zelle mit den vier Wänden, die sich in manchen Momenten ganz eng zusammenschoben, geriet man aus Selbstschutz ins Träumen. Und das Träumen kannst du dir nicht mehr abgewöhnen, das ist wie mit Alkohol oder Zigaretten, nein schlimmer: wie Opium. Träume, die nicht in Erfüllung gehen, zehren dich aus.

Er bemühte sich, das Einzugsgebiet der zudringlichen Damen zu umgehen. Das klappte, weil bei diesem Wetter nur die ganz Hartnäckigen in den Hauseingängen Posten bezogen hatten.

Als er im „Hotel Seepferdchen" ankam, saß der Junge auf der Biedermeierseite an der Theke, eine Flasche Sinalco vor sich, in der ein Strohhalm steckte. Der ließ es sich ja gutgehen. Las im Sportteil der Hamburger Morgenpost, bewegte die Lippen, formte jeden Buchstaben. Fünfzehn bis zwanzig andere Männer hockten hier und da herum.

„Hast du was gegessen?", fragte Rinke zur Begrüßung.

„Hab keinen Hunger."

Rinke ging an ihm vorbei zum Erdnussspender, steckte einen Groschen rein und drehte am Verschluss. Die Handvoll Nüsse kippte er auf den Tresen neben der Sinalco-Flasche. Der Junge zögerte, dann griff er zu. Rinke nickte zufrieden.

„Der Witz ist, dass es keine Nüsse sind. Erdnüsse sind Bohnen."

„Meinetwegen", sagte Piet.

„Die wachsen in der Erde."

„Schon gesalzen?"

Rinke lachte. „Apropos Salz. Ich spendiere dir was zu essen." Er winkte dem Kellner in der gestreiften Weste und bestellte Soleier für zwei und ein Bier für sich. Die Eier kamen mit Brot und Butter. Das musste reichen für diesen Abend.

Der Junge ließ sich nicht lange bitten und griff zu, ohne Messer und Gabel zu beachten.

Rinke fand die Eier sehr salzig. Er bekam einen höllischen Durst und bestellte kurz darauf noch ein Bier. Und einen Würfelbecher.

„Da, wo ich war, war das abends die einzige Abwechslung."

„Da, wo ich war, auch."

Sie spielten erst „Filzlaus" und dann, als Piet einen gewissen Ehrgeiz entwickelte, „Meiern". Der Junge taute auf und gewann meistens. Aber mehr als eine Sinalco wollte er sich nicht spendieren lassen. Rinke war das nur recht.

„Wenn wir die Sache morgen erledigt haben …", sagte Rinke.

„Hm-hm?"

„… liefern wir das Zeug ab und werden eine Woche später ausgezahlt."

„Hm-hm."

„In der Zeit sehen wir uns nicht."

„Wo bleib ich dann?"

„Muss ich nicht wissen."

„Na schön. Aber ich brauch Kohle für 'ne Unterkunft."

Für eine Woche? Rinke rechnete nach.

„Wie kommst du eigentlich sonst so an dein Geld?", fragte er.

„Es ist doch Winter." Piet schaute zur Garderobe.

Rinke nickte. Den Trick kannte er. Man ging ohne Mantel in ein Lokal und mit wieder raus. Vielleicht kamen sogar noch Hut, Schirm, Schal und Handschuhe dazu – und eine vergessene Geldbörse. Die Klamotten konnte man verkaufen. So hangelte man sich von einem Tag zum anderen.

Auf beiden Seiten der Theke füllte sich der Gastraum. Es wurde laut und dunstig. Die Musikbox wurde angeworfen.

Die Soleier lagen schwer im Magen. Rinke bestellte einen Schnaps, und dann noch einen. Anschließend ein Bier zum Durstlöschen. Schließlich wurde er ein bisschen sentimental und bahnte sich mit versteinerter Miene seinen Weg durch die Gäste zur Musikbox und wählte ein Lied.

Als er zum Tresen zurückkam, stand Piet mit erhobenen Fäusten vor einem dicklichen Mann mit Hut und Mantel.

„Was ist denn los?", fragte Rinke.

Der Mann drehte sich überrascht um. Er war pausbäckig, hatte gerötete Wangen und lächelte entschuldigend. „Oh, schon besetzt?"

„Zieh Leine", sagte Rinke.

Der Mann lüpfte seinen Hut zum Abschied und ging.

Die Stimme der Valente schallte über das Gemurmel und durchschnitt den dichten Rauch: „Spiel noch einmal für mich, *Habanero.*"

Rinke starrte dumpf vor sich hin. Er war mit einem Schlag sturzbetrunken. Und das am Abend vor dem Coup! Irgendwas stimmt nicht mit mir, dachte er, irgendwas hat sich verändert. Haben die paar Monate mir den Rest gegeben? Haben sie es geschafft? Haben sie mich gebrochen?

Der Junge las wieder in der Zeitung. Rinke versetzte ihm versehentlich einen zu harten Schlag gegen die Schulter. „Wir gehen hoch."

Das süffisante Lächeln des Dicken mit dem Hut folgte ihnen, als sie das Treppenhaus ansteuerten.

Mitten in der Nacht schreckte Rinke aus dem Schlaf, glaubte wieder, in der Zelle zu sein. Erschrocken riss er die Augen auf, richtete sich auf und starrte zum Fenster. Es hatte keine Gitter.

„Was ist denn los?", fragte Piet verschlafen.

„Nichts. Schon gut." Rinke ließ seinen Kopf wieder aufs Kissen fallen.

Später wusste er nicht mehr, ob der nachfolgende Dialog wirklich stattgefunden hatte:

„Träumst du manchmal?"

„Macht doch jeder."

„Ich meine tagsüber."

„Nee, wieso denn? Das bringt doch nichts."

„Aber ohne Träume …"

„Das bringt doch nichts!"

Am nächsten Morgen wachte er erst um Viertel nach elf auf und horchte auf das gleichmäßige leise Schnarchen des Jungen.

Er zog sich an und ging nach unten. Der Portier gab ihm einen Briefumschlag, der für ihn abgegeben worden war. Darauf stand: „Böhmkenstraße 25".

Rinke trat aus dem Hotel. Noch immer tobte der Sturm. Man konnte meinen, der Wind wäre noch stärker geworden. Er zog sich die Mütze in die Stirn und stapfte los. Die Böhmkenstraße lag ein Stück entfernt in der Neustadt. Dort angekommen, fand er keine Hausnummer fünfundzwanzig, sondern vor allem Baulücken. Es dauerte eine halbe Stunde, bis ihm klar wurde, dass es sich um die Nummer einer Hinterhofgarage handelte. Hölzerne Bruchbuden, von denen manche als Werkstätten, Lager oder sogar Wohnräume dienten. Im Briefumschlag befanden sich zwei Schlüssel. Der eine passte zum Vorhängeschloss.

In der Garage stand ein „Hanomag Kurier" in Dunkelblau mit frisch aufgeklebter weißer Aufschrift „Friedr. Tügel – Transporte aller Art". Das Nummernschild stammte aus Hannover. Rinke stieg ein, startete den Motor, testete die Scheinwerfer, stellte zufrieden fest, dass der Dieseltank voll war und der Schlüssel auch für die Hecktür zum Laderaum passte. Ein paar Decken und Seile lagen dort herum, außerdem breite Textiltragebänder mit Karabinerhaken.

Rinke schloss Wagen und Garage sorgfältig ab und ging zurück zum Hotel. Dort weckte er den Jungen, gab ihm ein wenig Essensgeld und scheuchte ihn weg. Treffpunkt am Abend war eine Kneipe namens „Deichhütte" in Wilhelmsburg. Den Weg dorthin beschrieb er ihm mehrmals sehr genau, bis Piet ihn ungeduldig unterbrach: „Ich hab's ja kapiert, Mensch!"

Sie trennten sich. Es war kurz nach zwei Uhr mittags. Jeder ging seiner Wege, um die nächsten Stunden zu verbummeln.

Wie zufällig wehte der Wind Rinke in die Talstraße, in der die Tür der „Roten Katze" offen stand und sich der Filzvorhang bauschte. Er trat ein. Am Tresen standen noch einige Gäste, die nach Handelsvertretern aussahen. Rinke nickte dem Saloon-Girl zu, sein Mantel streifte die Netzstrümpfe der Schwarzhaarigen im grünen Kleid. Er trat an die Musikbox und wählte „Fiesta Cubana". Der Samba-Rhythmus erklang und die Valente trällerte wie ein Engel, der aus dem siebten Himmel herabgestiegen war – seltsamerweise auf Schwedisch. Aber was machte das schon für einen Unterschied?

Rinke versuchte ein paar Tanzschritte, bewegte die Hüften, hatte das Gefühl, der Rost würde aus den Gelenken rieseln. Er schloss die Augen, hob die Arme an, ließ die Fäuste im Takt kreisen. Zuerst kam er sich noch vor wie eine Marionette, dann wurden seine Bewegungen geschmeidiger. Als er die Augen öffnete, tanzte die Schwarzhaarige vor ihm, bewegte sich verführerisch wie Evas Schlange im Paradies. Sie war so stark geschminkt, dass ihr Gesicht wie eine Maske wirkte, aber sie wusste, wie man einen Samba tanzt. Als das Stück zu Ende war, setzten sie sich in eine Nische.

„Sekt für dich, aber ich trinke nur eine Cola", sagte Rinke.

„Und dann?" Sie klimperte mit den Mascara-Wimpern.

„Dann zeigst du mir deine Briefmarkensammlung."

„Gern, mein Schatz. Da ist sogar eine dabei, die ist rostbraun, gezähnt."

„Gestempelt?"

„Natürlich, sonst wäre sie doch nichts wert." Sie winkte der Bardame.

Betty schob die Tür der Wilhelmsburger Postfiliale in der Veringstraße auf und stellte sich in die kurze Schlange vor dem Schalter. Während sie wartete, nahm sie das Kopftuch ab und knöpfte sich den obersten Knopf ihres Regenmantels auf. Es spannte um den Hals, weil sie sich vorsichtshalber den dicken Schal umgelegt hatte. Ein schickes Halstuch wäre ja auch mal schön gewesen. Das stand auf ihrer endlos langen Wunschliste. Den Schal stopfte sie nun in ihre große Einkaufstasche.

Vor ihr unterhielten sich zwei ältere Frauen in selbstgeschneiderten Wollmänteln über den Sturm, der nun schon seit Tagen anhielt, und das Wasser, das bis zur Oberkante der Deiche schwappte. „Wenn die man halten", sagte die eine. „Nasse Füße hab ich auch so schon", kommentierte die andere. Der Mann zwischen ihnen, ein Kriegsversehrter mit nur einem Bein, meinte: „Die halten schon, haben sie bisher immer."

Sie traten weiter vor, als der junge Mann am Schalter sein Einschreiben entgegengenommen hatte. „Scheiß Bundeswehr", sagte er beim Weggehen.

„Na, was denn?", kommentierte der Einbeinige. „Dienst am Vaterland darf man ja wohl noch verlangen. Hab ich auch geleistet." Die Frauen schwiegen dazu.

Als Betty an die Reihe kam, erklärte sie dem Beamten umständlich, dass sie zum einen eine Geldüberweisung tätigen wollte, zum anderen eine Marke brauchte für einen Brief im DIN A5-Format. Die Überweisung ging an die „Deutsche Soldaten-Zeitung" für eine Anzeige mit folgendem Text: „Fürsorgliche Schlesierin pflegt gerne deutsche Kriegsversehrte gegen einen angemessenen Unkostenbeitrag. Angebote bitte unter Chiffre."

Als Absender gab sie an: „Postlagernd Hamburg, Postamt 36". Sie freute sich schon auf ihren Ausflug ins geschäftige Zentrum der Großstadt, um ihre Briefe abzuholen.

Der Postbeamte stempelte den graublauen Einzahlungsbeleg, schnitt ihn ab und gab ihn zurück. Betty trat an den Tisch vor dem Fenster und schob Anzeigentext und Beleg in den Umschlag. Den Beleg hätte sie eigentlich behalten sollen, aber so, fand sie, ging sie auf Nummer sicher. Der Brief kam in den Briefkasten neben der Tür. Sie wischte sich die Hände am Mantel ab, als hätte sie eine wichtige Arbeit erfolgreich erledigt, und trat nach draußen.

Schon fuhr ihr der Wind durch die Haare, peitschte sie ihr ins Gesicht, warf noch einen Schwall Sprühregen hinterher, und so rannte sie los, um im Lebensmittelladen Schutz zu suchen. Das kleine „Spar"-Geschäft lag an der nächsten Straßenecke. Betty huschte hinein, blieb stehen, um zu verschnaufen, und grüßte höflich die Kassiererin. Dann zog sie das Einkaufsnetz aus der Tasche und daraus wiederum die Milchkanne, mit der sie an die Molkereitheke trat.

„Einen Liter Vollmilch, bitte." Das pummelige Mädchen hinter der Theke, die Tochter des Inhabers, betätigte den Hebel der Milchpumpe mit einem Gesichtsausdruck wie drei Tage Regenwetter. Was ja ausnahmsweise einmal angemessen war, wie Betty fand. Als sie zum ersten Mal hierhergekommen war, hatte sie noch gedacht, das Mädchen würde das Gesicht so verziehen, weil sie ihren Akzent ablehnte. Meine Güte, sie kam halt aus dem Osten, da rollten viele das R. Und was die deutsche Grammatik betraf, machte ihr so schnell keiner etwas vor. Sie war ja praktisch zweisprachig aufgewachsen da drüben im Osten, in Namysłów, das damals noch Namslau hieß.

Sie bat das missgelaunte Mädchen hinter die Frischetheke und kaufte ein paar Scheiben Käse und Wurst und etwas Butter. Dann noch eine Karbonade, die mochte er ja gern. Dazu dann, zum Glück mit Selbstbedienung, ein paar Kartoffeln und Karotten.

An der Kasse stand die Kassiererin auf und wog das Gemüse auf einer Waage mit Gewichten ab. Immer falsch, immer zu Ungunsten der Kundschaft, wie Betty meinte, aber sie sagte nichts. Es war ja nicht ihr Geld.

Sie zahlte und legte das Rabattheftchen hin. Die Kassiererin klebte ihr die Marken ein. Diesen Service leistete sie, ohne zu murren, denn „Herr Heinrich möchte bitte, dass gleich geklebt wird, keine Marke darf verlorengehen!". Das hatte Betty bei ihrem ersten Einkauf deutlich erklärt. Er hatte es ihr so aufgetragen. Also musste die Frau an der Kasse mithilfe ihrer Zunge die Marken anfeuchten. Das hatte sie übrigens früher auch gemacht, als Herr Heinrich noch gehen konnte und selbst seine Einkäufe erledigte. Damals, das hatte er Betty mit boshaftem Grinsen erklärt, hatte er darauf bestanden, weil er angeblich die Gicht hätte. In Wahrheit schaute er ihr gerne dabei zu. Er war ein Schuft, ein ziemlich mieser Kerl, um es mal zurückhaltend auszudrücken.

Betty lächelte zurückhaltend. Die Kassiererin fasste ihren Gesichtsausdruck als Kritik auf und verabschiedete sie patzig. Betty war das egal, sie wollte keine Stammkundin werden. Sie wollte auch nicht in diesem tristen Stadtteil hängenbleiben. Sie liebte die Großstadt, die echte Großstadt, den Trubel, die Unübersichtlichkeit, den Lärm, das Leben. Eines Tages würde sie das alles genießen. Jede Frau hat einen Traum, oder? Und eins ist klar: Verwirklichen musst du ihn selbst. Es kommt kein Märchenprinz auf einem Schimmel daher, hebt dich in den Sattel und galoppiert davon. Nein, das Pferd bin ich, und ich brauche keinen Reiter!

Der Wind grabschte nach ihrer Einkaufstasche. Sogar die Milchkanne geriet ins Pendeln. Wenn das so weitergeht, hab ich Butter oben drauf, wenn ich zu Hause ankomme.

Stopp! Schau mal. Nein, jetzt nicht anhalten. Du musst noch Kaffee kaufen in der Fährstraße. Lass dich nicht beirren. Was wissen denn diese beiden Polizisten schon von dir? Die stehen bloß zufällig da drüben und schauen herüber. Die starren doch ins Leere, die reden mit der alten Tante aus der Wäscherei, die sich ständig über alles beschweren muss. Die wollen nichts von dir.

Der eine schaute jetzt über die Straße zu ihr hinüber.

Lächelt der, weil ich hübsch bin, oder verzieht er das Gesicht, weil ihm eben was eingefallen ist, weil er eine Ähnlichkeit feststellt? Und steht da nicht ein VW Käfer vor ihm, in dem einer in Zivil sitzt? Polente oder nicht Polente? Schwer zu sagen, aber der hat das Fenster heruntergekurbelt. Brauchen wir überhaupt schon wieder Kaffee oder gehe ich jetzt einfach mal in die andere Richtung, mache einen kleinen Bogen? Was ist schon gegen einen Spaziergang einzuwenden? Soll doch gesund sein. Tausend Schritte, zweitausend Schritte, dreitausend Schritte …

Als Kind hatte sie mal bis vier Billionen gezählt, aber da war sie natürlich durcheinandergekommen und hatte einige Zahlen übersprungen. Sie waren tagelang zu Fuß unterwegs gewesen damals, als sie noch ein kleines Mädchen gewesen war. Und ihre Mutter hatte sie unbarmherzig angetrieben. Wovor sie weggelaufen waren, hatte sie zuerst nicht verstanden. Später dann leider schon. Wäre doch nur der Vater mitgekommen, der hätte sie beschützt und getragen, jedenfalls in der Nacht, da hätte sie auf seinen Schultern schlafen können …

Sie bog in die Industriestraße ein. Gott ja, mach einen Schlenker, mach einen Bogen. Verdammter Wind! Blöder Regen! Die dämlichen Udels, wie man sie hier nannte, konnten einem das Leben schon schwer machen. Aber mal im Ernst: Du bist doch selbst schuld! Wieso lässt du dich ins Bockshorn jagen? Wirklich, du bist zu dumm manchmal.

Sie erreichte den Kanal. Den geh ich jetzt einfach mal ein Stückchen entlang, bis mein Herz nicht mehr so heftig schlägt. „Heute wollen wir marschieren!" Mist, warum kommt mir denn ausgerechnet dieses Lied in den Sinn? Nimm lieber ein anderes. „Aus grauer Städte Mauern …" Aber das passt nicht zu dir. Dann schon eher dieses: „Dreh dich nicht um, nach fremden Schatten …"

Jetzt musste sie doch über sich lachen. Sie blieb stehen und schaute auf den Veringkanal. Das Wasser stand bis zur Oberkante. Aber Wasser gehört nun mal zum Hafen, nicht? Sie ging weiter. An einer Stelle gurgelte ein Rinnsal über den Weg. Mit großen Schritten setzte sie darüber hinweg. Der Wind blies sein Konzert, die kahlen Äste dirigierten.

Sie bog ab, ging einen Umweg, erreichte doch noch die Fährstraße und kaufte den Kaffee. „Bitte gemahlen für den Melitta-Filter." Im Laden redeten sie auch über den Sturm, und ob die Deiche wohl halten würden. Ein Mann erging sich in Berechnungen bezüglich der Tide und behauptete, das Wasser würde jetzt erst mal ganz ordentlich zurückgehen, wie es sich gehörte, denn das sei ein Naturgesetz.

Betty ging über den Vogelhüttendeich zurück, eigentlich der direkte Weg, aber dann wurde sie doch neugierig und lief bis zum Ernst-August-Kanal. Auch hier stand das Wasser bis zur Oberkante. Ihr Mantel flatterte, das Kopftuch wurde beinahe fortgeweht, ihre Gedanken flogen davon. Und da wurde ihr klar, warum sie die ganze Zeit ohne Sinn und Verstand in der Gegend herumlief: Sie war nervös. Sie hatte Lampenfieber. Mensch, das ist doch klar! Heute gilt's! Du hast lange genug gewartet! Willst du etwa in dieser tristen Gegend versauern? Die Gelegenheit ist günstig. Heut vollende ich's. Auf jeden Fall. Es gibt kein Zurück mehr! Es muss etwas geschehen.

Ein Gefühl der Vorfreude durchzuckte sie. Ein leichter Stromschlag, ein anhaltendes Kribbeln. Eine Wärme breitete sich in ihrer Brust aus, im Bauch, strömte in Arme und Beine, in den Kopf. Und sagen wir es ehrlich: Wenn es keinen Spaß machte, würdest du es doch nicht tun, oder?

Sie ging weiter und achtete peinlich genau darauf, dass der Wind ihre Milchkanne nicht in eine ungünstige Schieflage brachte. Das fehlt noch, dass der Alte sich aufregt, weil ich ein paar Tropfen vergossen habe!

Da unten in der Senke zwischen den vielen anderen Bruchbuden lag auch das Haus des Mannes, den sie „Herr Heinrich" nennen musste. „Herr Heinrich, mir graut's vor Ihnen", hatte sie spaßeshalber mal zu ihm gesagt. Und er hatte beinahe stolz erwidert: „Aber nein, das tut doch nicht Not, wenn du schön folgsam bist." Und das war sie. Denn davon lebte sie, damit hielt sie sich über Wasser, um es beinahe widersinnig zu formulieren, denn tatsächlich lag ihr Arbeitsplatz unterhalb des Meeresspiegels in dieser Gartenkolonie, die sich zu einer Siedlung ausgewachsen hatte. Aus Gartenhäuschen und Schreberhütten der Laubenkolonie waren behelfsmäßige Eigenheime geworden. Irgendwo mussten die Leute ja hin. Viele kamen aus dem Osten, so wie sie. Andere waren ausgebombt. So lange lag der Krieg noch nicht zurück, dass man bereits genügend Wohnungen für alle Bedürftigen gebaut hätte. Der Krieg, die Bomben und der Feuersturm 1943 hatten Hamburg arg in Mitleidenschaft gezogen.

„Das werden wir dem Tommy eines Tages heimzahlen, das verspreche ich dir", hatte Herr Heinrich mal gesagt.

„Heimzahlen, ja, das ist gut", hatte sie darauf geantwortet.

Herr Heinrich hatte seine Wohnung in Eimsbüttel verloren, seine Frau auch, aber er sprach nur von der verlorenen Wohnung, und dass die Tommys aus purer Rachsucht und Niedertracht die Stadt zerstört hätten. Genau wie Helgoland! „Was für eine Gemeinheit, diesen schönen roten Felsen als Bombenübungsplatz kaputtzuhauen. Das muss ein Nachspiel haben! Wenn wir wieder eine Regierung haben, die diesen Namen verdient. Aber dann!"

„Aber dann, Herr Heinrich", gab sie ihm bei solchen Zornesausbrüchen immer recht.

Denn das war ihre Aufgabe als Pflegerin: Es ihm recht machen, für ihn sorgen, es ihm gemütlich machen, ihm was kochen, ihn waschen und seine Kacke wegspülen. Er saß im Rollstuhl, konnte sich kaum noch auf den Beinen halten. „Das eine Bein kaputt wegen Schrapnell, das andere angeblich wegen Rauchen. Quacksalber!" Wenn Heinrich über seinen Arzt sprach, fuchtelte er immer empört mit der Zigarre herum. Wenn er auf Ärzte zu sprechen kam oder auf den Krieg, ging sie lieber in Deckung. In die Küche oder raus vor die Hütte an die Luft. Weil er dann nicht mehr aufhören konnte.

Die Einkaufstasche in der einen, die Milchkanne in der anderen Hand näherte Betty sich der Laubenkolonie „Sommerfreude". Von wegen Sommer! Die dunkelgraue Wolkendecke hing so tief, dass man sie beinahe berühren konnte, jedenfalls hatte man diesen Eindruck hier oben auf dem Deich, der übrigens ganz schön weich war, hier und da sogar schon kleine Löcher aufwies, aus denen das Wasser herausgluckerte.

Wenn man lange genug zu den Wolken hinaufschaute, konnte man selbst in diesem diffusen Dämmerlicht erkennen, dass da oben mächtig was los war. Da brodelte es, da fegten entfesselte Winde Wolkenmassen durcheinander, zerrissen und zerfetzten sie oder wälzten sie vor sich her, als würden himmlische Bulldozer gegeneinander arbeiten.

Darunter duckten sich die Hütten und Häuschen, die sogenannten Behelfsheime, in die aufgeteilte Gartenlandschaft. Allesamt einstöckige Gebäude, viele aus Holz, manche teils oder ganz aus Stein, aber alle Mauern waren dünn. Und kalt war's überall, egal, wie groß der Ofen war und wie viel Holz oder Kohle man reinwarf. Das wäre übrigens etwas, auf das sie gern verzichtet hätte: Dieser über allem hängende Geruch nach verfeuertem Holz und verbrannter Kohle. Davon bekam sie Bauchschmerzen. Aber das war zum Glück bald vorbei. Wenn sie sich noch mal in so einer Kolonie einquartieren musste, dann nur im Sommer.

Sie stieg das schmale Treppchen nach unten und ging zwischen Zäunen und Hecken über notdürftig gepflasterte Wege, mit ausholenden Schritten über tiefe Pfützen bis zu der weißen Bretterbude, deren Holzverkleidung schon ganz ordentlich Moos angesetzt hatte. Sie nannte das Häuschen abfällig „Bude", um ihren Pflegefall zu ärgern. Das gefiel ihm nicht, aber was sollte er dagegen sagen? Bude stimmte schon, aber die Hütte war durchaus in gutem Zustand. Herr Heinrich kannte Leute, die ihm gefällig waren. Sogar aus der Stadt oder dem Umland kam manchmal jemand, um etwas zu bringen oder zu montieren, etwas dazu zu bauen oder zu reparieren. Er hatte einen erstaunlich großen Freundeskreis. Und das Erstaunlichste war, dass offenbar niemand von denen ihn mochte. Sie lachten nicht über seine dummen Witze, gingen nicht auf Anspielungen über Vorfälle im Krieg ein. Kippten hastig ihren Schnaps und verschwanden, sobald die Arbeit erledigt war. Wieso fühlten sich diese Männer ihm verpflichtet?

Sie erreichte die Veranda, zog an der Klingelstrippe und rief mit fröhlicher Stimme: „Ich bin's, die Betty!" Das wollte er so, damit er keine Angst bekam. Er erschrak sich nämlich, wenn etwas Unvorhergesehenes passierte, wenn eine fremde Person plötzlich in seinem Haus stand. Und wenn er erschrak, dann schmerzte es ihn in der Brust. Dann bekam er Angst, wurde zornig deswegen und ließ seine schlechte Laune an ihr aus.

Er bekam auch Angst, wenn sie sich verspätete, so wie heute. Sie trat ein, grüßte verlegen mit hängendem Kopf, spielte die Schuldbewusste und nahm ihm damit den Wind aus den Segeln. Seine Wutausbrüche mochte sie wirklich nicht. Lieber tat sie scheinheilig: „Entschuldigen Sie bitte, Herr Heinrich, es tut mir ja so leid. Aber da war eine lange Schlange vor dem Geschäft und ..."

„Red nicht! Hast du den Kaffee?"

Sie nickte.

„Na, dann los! Wie lange soll ich denn noch warten? Wir sind schon zwanzig Minuten über der Zeit!"

„Jawohl, Herr Heinrich."

„Hopp, hopp. Und brüh ihn stärker auf. Bei diesem Wetter wird man ja rammdösig. Und stell mir einen Schnaps dazu, hörst du! Und dann machst du sauber. Hier sieht es aus wie bei Hempels unterm Sofa."

„Jawohl, Herr Heinrich."

Sie trat in die Küche. Er schimpfte weiter. Über den schmutzigen Teppich und den Staub auf der Kommode, die Wollmäuse unter dem Schrank und die Gläser, die sie nicht richtig blank poliert hatte.

Sie war daran gewöhnt. Es war die Geräuschkulisse, die sie tagein, tagaus im Hintergrund hörte, wenn sie in der Küche hantierte. Übrigens konnte er ihr nicht in die Küche folgen, weil die Tür zu schmal war für seinen Rollstuhl. Somit war die Küche ihr Reich. Manchmal bereitete es ihr eine diebische Freude, so zu tun, als würde sie seine Kommandos nicht hören. Da die Tür in den Wohnraum hinein aufging, war es auch nicht ganz einfach für ihn, sie aufzuziehen. Weshalb er ihr verboten hatte, sie ganz zu schließen. Aber wenn er einem Radiokonzert zuhörte, waren ihm die Küchengeräusche zu laut. Also ...

Sie stellte die Milchkanne und die Einkaufstasche auf den Tisch und zog den Mantel aus, den sie an den Nagel an der Küchentür hängte. Dann packte sie aus und stellte die Einkäufe weg.

Schon schrie er ungeduldig: „Steht das Wasser für den Kaffee schon auf dem Herd? Und vergiss nicht, Briketts nachzulegen."

„Ja, ja, Herr Heinrich."

Mit dem Kaffee und dem Weinbrand kehrte Ruhe und Harmonie ein. „Ich hab Ihnen auch ein paar Leibniz-Kekse mitgebracht."

Er bedankte sich. Sie hoffte schon, sie dürfte vielleicht auch eine Tasse „teuren Bohnenkaffee" mittrinken, da wurde er schon wieder grantig.

„Den Teppich", blaffte er. „Den machst du aber jetzt gleich."

Mit dem Teppichroller. Das war eine der Arbeiten, die sie nicht mochte. Aber noch weniger mochte sie das, was danach folgte: „Auf die Knie!"

Und wenn sie dann auf dem Boden hockte, warf er ihr den Kamm zu wie einem Hund den Knochen. Es folgte das diesmal beinahe schon mild ausgesprochene: „Bitte ganz akkurat."

Sie fing an, die Teppichfransen zu kämmen. „Rücken zu mir!"

Immer musste sie ihm den Hintern zukehren, diesem alten Wüstling. Sie kämmte.

„Ja, so ist es gut, immer akkurat." Er räusperte sich mehrmals, wie er es immer tat.

Diese Demütigung gehörte zum Alltag. Wobei Betty es jetzt nicht mehr als Demütigung empfand, weil sie ihren Entschluss gefasst hatte.

Als sie fertig war, stand sie auf, strich sich das Kleid glatt, ertrug seinen lüsternen Blick und sagte schnippisch: „Wenn's so alles ordentlich genug ist, würde ich dann das Abendessen machen."

„Was gibt's denn?"

„Na heute Hering, ist doch Freitag. Morgen dann Karbonade."

Er rieb sich die Hände voller Vorfreude.

Von wegen, dachte sie, diesmal freust du dich zu früh.

Der Salzhering war gewässert, aber die Kartoffeln mussten erst mal gekocht und dann geschält werden. Eine Einbrennsauce war auch noch zu machen. Dann kamen Fisch und Kartoffeln kleingeschnitten rein, fertig. Die sauren Gurken mussten nur dazugelegt werden.

Wenn sie ihn nur nicht zwischendurch zur Toilette schieben musste. Aber nein, das kam jetzt schon. Weil er vor dem Essen das Nachmittagskonzert hören wollte. Das passte ganz gut, da hatte sie ihre Ruhe.

Als sie den Eintopf fertig hatte, stellte sie ihn an den Rand des Herds, damit er warmgehalten wurde. Den Tisch hatte sie gedeckt, ganz leise, um ihn nicht zu wecken, denn wie immer war er über Bach und Mozart eingeschlafen.

Während eins der Brandenburgischen Konzerte vor sich hin leierte, setzte sie sich an den Küchentisch, zog die Schublade auf und holte die Sachen hervor, die sie am Vortag hastig dort deponiert hatte. Den Draht, der noch viel zu lang war, die Holzstücke, die sie noch einkerben musste.

Sie war so sehr in ihre Arbeit vertieft, dass sie gar nicht merkte, dass die Achtzehn-Uhr-Nachrichten schon begonnen hatten.

„Irma, liebes Kind!", hörte sie ihn mit schläfriger Stimme rufen.

Sie zuckte erschrocken zusammen.

„Hier ist Betty", rief sie mit gespielter Fröhlichkeit zurück.

„Irma, wo bleibt denn das Essen?"

„Kommt gleich!"

Hastig nahm sie die Drahtschlinge von der Milchkanne ab, an der sie sie festgezurrt hatte, um die Holzgriffe anzubringen, und warf sie zurück in die Schublade. Kaum hatte sie diese zugeschoben, ging auch schon ganz langsam die Küchentür auf.

„Irma! Wo bleibst du denn?"

„Hier ist Betty!"

„Wieso riecht es denn so verbrannt?"

Betty eilte erschrocken zum Herd. Gottverdammte Katastrophe! Na gut, schwarzbraun angebrannt war nur die Sauce am Topfboden. Die obere Hälfte des Eintopfs war noch halbwegs in Ordnung. Das, was unten angebacken war, konnte sie auskratzen und sich irgendwie kaschiert selbst vorsetzen.

„Wird's bald! Wo bleibt das Essen?"

„Ich komme, Herr Heinrich!"

Die Tür wurde aufgerissen und da stand er, stemmte sich mit seinen Pranken rechts und links gegen den Rahmen. Schnaufend und stöhnend.

„Was ist hier los?"

„Das Essen ist fertig!" Sie griff nach dem Löffel.

Er ächzte und schnaufte und stöhnte laut auf, dann ging er in die Knie, sackte zusammen und kippte nach vorn, fiel direkt auf sein breites, feistes, aufgedunsenes Gesicht.

Der Radiosprecher war beim Wetterbericht angelangt und sprach von einer schweren Springflut, die an der Nordseeküste zu erwarten sei.

Es war eine Höllenarbeit, ihn wieder in den Rollstuhl zu heben. Immerhin war der Zwischenfall eine gute Ausrede: „Jetzt ist der Eintopf angebrannt, Herr Heinrich. Was machen Sie denn nur für Sachen?"

Er beugte sich über seinen Teller. „Sei still, du Schlampe. Das wirst du mir büßen. Kein Essen für dich, hörst du! Zur Strafe wirst du fasten!"

„Aber Herr Heinrich", sagte sie mit gespielter Weinerlichkeit.

„Geh!" Er begann schmatzend zu essen.

Angewidert schaute sie zu.

„Hau ab!", rief er und hob drohend das Messer.

Sie drehte sich um und ging in die Küche. Zog die Schublade auf, nahm die Drahtschlinge heraus und schlang sie in die vorgefertigten Kerben beider Holzgriffe.

Nach zehn Minuten legte er klappernd das Besteck beiseite und rief mit sanfter Stimme: „Betty, es ist noch was übrig. Ich bin doch kein Unmensch. Nimm dir doch was."

Sie blieb stumm.

„Betty?"

Sie schwieg.

„Es war doch nicht so gemeint."

Sie vermied jedes Geräusch.

Er schaute durchs Fenster. Draußen war es finster. Der Wind ließ die Scheiben klirren.

„Mach die Fensterläden zu, Betty", sagte er und drehte sich schwerfällig um.

Sie war direkt hinter ihm.

„Das Abendkonzert hat schon begonnen", sagte sie, drückte auf den Einschaltknopf des Grundig-Radios und drehte den Lautstärkeknopf nach rechts.

Sie schlang den Draht um seinen wulstigen Hals.

Die Röhren erwärmten sich, der magische Fächer leuchtete hellgrün auf und weitete sich.

Die Drahtschlinge verengte sich.

Beethovens „Schicksalssinfonie", Erster Satz, Allegro con brio, Zweivierteltakt, C-Moll, Durchführung des Themas, dynamische Steigerung, absteigende Quinten, absteigende Bässe im Kontrapunkt, transponierte Wiederholung, thematisches Stocken, statische Klangfläche, beklemmende Erstarrung, Diminuendo, „das Röcheln eines Sterbenden" (Hector Berlioz).

Es war schon lange dunkel, als Rinke den Hanomag mit der Aufschrift „Friedr. Tügel – Transporte aller Art" in der Fährstraße an der Ecke zur Sanitasstraße abstellte und die Scheinwerfer löschte. Der Motor dieselte leicht nach. Es klang, als würde er husten. Mit der Zündung stimmte auch etwas nicht, sie hatte ab und zu einen Aussetzer. Als Fluchtauto war diese Kiste wirklich nicht geeignet. Er würde Dimitrios deswegen die Leviten lesen. Der Regen prasselte gegen die Windschutzscheibe. Der Lieferwagen wiegte sich im Wind. Rinke verzog das Gesicht und schaute aus dem Seitenfenster. Auf den Straßen in Wilhelmsburg war nicht viel los. Die Menschen hockten lieber zu Hause vor der Glotze, wenn sie eine hatten. Konnte man ja verstehen bei diesem Schietwetter. Die kahlen Äste der Bäume schlugen wild um sich. Da geht tatsächlich einer mit einem Schirm, jetzt pass mal auf. Tatsächlich: Ratsch! Schon war das Ding auf links gedreht. Der Mann verschwand um die nächste Ecke. Der Regen prasselte gegen die Windschutzscheibe, das Licht der Straßenlaternen zerfiel in tausend grelle Lichtpunkte.

Rinke schaltete die Innenbeleuchtung ein und schaute auf die Uhr mit dem zerkratzten Glas. Er war viel zu früh dran. Wieso war er eigentlich immer zu früh? Ein einziges Mal war er in seinem Leben zu spät gekommen, zum Glück. Das war, als sein Vater am helllichten Tag auf dem Ku'damm in Berlin vor einem Juweliergeschäft verhaftet worden war. Dabei hatte er überhaupt nicht vorgehabt, den Laden auszurauben, sondern war auf dem Weg ins Kino gewesen. Sie hatten eine Verabredung gehabt. Rinke war damals, 1951, sechzehn Jahre alt gewesen. Der Film hieß „Die Sünderin", war ein großer Skandal, und er hatte sich auf die Szene gefreut, in der Hilde Knef angeblich nackt zu sehen war. Daraus wurde dann nichts, denn ohne seinen Vater kam er als Minderjähriger nicht ins Kino. Da es keine Beweise dafür gegeben hatte, dass sein Vater den Juwelier hatte ausrauben wollen, war er wieder freigelassen worden. Während er sich in Gewahrsam befunden hatte, hatten andere den Coup gelandet. Rinke senior war trotzdem erst mal wieder für eine Weile in den Osten abgetaucht und der Mutter auf die Nerven gegangen, die damals noch für Zeitschriften wie die „Neue Berliner Illustrierte" und die „Freie Welt" schrieb.

Rinke zog den Reißverschluss seiner Lederjacke zu, nahm den Zündschlüssel aus dem Schloss und stieg aus. Die Pudelmütze ließ er auf dem Beifahrersitz liegen, mit so einem Ding auf dem Kopf ließ er sich grundsätzlich nicht in der Öffentlichkeit blicken. Gewissenhaft schloss er die Fahrertür ab und vergewisserte sich, dass auch die Hecktür und die Beifahrertür verriegelt waren. Dann ging er quer über die Straße auf die „Deichhütte" zu.

Normalerweise war er kein Freund von Kneipen als Treffpunkte vor einem „Einsatz", wie er seine Einbrüche nannte. Er lehnte es übrigens ab, Begriffe der Ganovensprache zu benutzen, auch weil er typische Ganoven nicht mochte, nachdem sein Vater diese Leute wider besseres Wissen immer zu Rebellen verklärt hatte. In Wahrheit waren sie nichts weiter als besitzgierige Kleinbürger, die sich von den anderen nur durch zwei Charaktereigenschaften unterschieden: Ungeduld und Skrupellosigkeit. Im Gegensatz dazu bezeichnete sich Rinke als „Handwerker des Glücks". Ist das Handwerk vollendet, lehnt man sich zurück und lässt den lieben Gott eine hübsche Frau sein.

Die ganze Straße war mit breiten Pfützen übersät, es war fast unmöglich, trockene Füße zu behalten. Die Wildlederschuhe waren auch nicht gerade ideal. Trotzdem musste Rinke kurz grinsen, als ihm ein Ausspruch seines Vaters in den Sinn kam, der Teil seiner weltanschaulichen Erziehung gewesen war: „Weißt du, Lou, warum es keinen Gott geben kann? Wegen der Widersprüche, die in der Bibel stehen. Der eindeutigste Beweis: Gott schuf für Adam eine Frau. Wenn er wirklich allmächtig und an Liebe interessiert gewesen wäre, wie die Christen immer behaupten, hätte er für sich selbst eine geschaffen! Warum sich diese Freude entgehen lassen?"

Die „Deichhütte" lag zwischen einer Bäckerei und einem Elektro- und Fernsehgeschäft, die Schaufenster beider Läden lagen im Dunkeln. Rinke schob die Tür auf und tauchte in den warmen Tabakdunst einer rustikalen Kneipe mit Sitznischen und einem leicht geschwungenen Holztresen ein. Diffuse Beleuchtung. An der Wand blinkte ein Spielautomat, weiter hinten stand ein Flipper. Eine Musikbox war auch vorhanden. Viel los war allerdings nicht. Ein paar Männer in grobem Zeug oder ausgeleierten Anzügen standen am Tresen und tranken Bier. Ein Tisch wurde von einer Dreiergruppe besetzt, die Skat kloppte. Die Nische neben der Musikbox war frei. Rinke setzte sich dorthin, der Eingangstür zugewandt. Durchs Fenster konnte er sogar seinen Lieferwagen im Blick behalten.

Es war Viertel nach elf. Er war eine Dreiviertelstunde zu früh dran.

Der Wirt diskutierte mit den Männern am Tresen über die „Frechheit der Regierung", die Wehrpflicht auf achtzehn Monate zu erhöhen. „Zwölf waren schon zu viel, nach allem, was die Wehrmacht angerichtet hat", sagte einer. Ein anderer meinte, nicht die Soldaten, sondern „die Führer" hätten den Krieg verloren. Wieder ein anderer vertrat die These, dass Westdeutschland keine Armee bräuchte, „weil die Amis uns jetzt schützen vor den Roten". Dagegen meinte der Älteste und am schäbigsten gekleidete, „die Jugend muss lernen zu gehorchen, und das geht am besten in der Armee."

Als der Wirt auf ein Handzeichen hin ein Bier brachte, fragte Rinke, ob die Musikbox funktioniere. „Klar doch", sagte der Wirt.

Aber noch bevor Rinke aufstehen konnte, um ein Lied auszusuchen, wurde die Tür aufgestoßen und eine Gruppe junger Leute stürmte lachend herein. Die Mädchen hatten sich die Mäntel über den Kopf gezogen, damit ihre toupierten Frisuren nicht von Regen und Wind ruiniert wurden. Ihre Petticoats flatterten fröhlich. Die Jungs trugen Jeans und machten auf halbstark. Sie fielen über die Musikbox her und wählten zielsicher die Musik aus, die Rinke nicht ausstehen konnte: *„Are You Lonesome Tonight"* von Elvis Presley zum Beispiel oder *„Hit The Road Jack"* von irgendeinem anderen Amerikaner. Nachdem sie ihr Bier gekippt hatten, waren sie sich nicht mal zu blöd „Da sprach der alte Häuptling der Indianer" von Gus Backus aufzurufen – und dazu zu tanzen!

Und das mit dem Tanzen hörte dann nicht mehr auf. *„Let's Twist Again"*, meine Güte. Rinke schaute zur Uhr über der Eingangstür: Noch zwanzig Minuten, bis Piet eintreffen würde. Nicht auszuhalten. Er stand auf und suchte in seiner Hosentasche nach Kleingeld, trat an den „Tonomat", um nach einem halbwegs vernünftigen Musikstück zu suchen.

In diesem Augenblick ging die Tür auf und eine Sturmböe wehte ein wirres Durcheinander aus flatternden Stoffen, nassen Haaren, gestikulierenden Armen, stolpernden Füßen und einem knallrot geschminkten Mund herein. Das Durcheinander strauchelte x-beinig. Ein Fuß in Pumps, die absolut nicht zum Wetter passten, knickte um, ein schlankes bestrumpftes Bein mit Laufmasche wurde sichtbar. Beinahe wäre die Frau auf dem Kneipenboden gelandet, wenn einer der Halbstarken sie nicht aufgefangen und wieder gerade hingestellt hätte. Sie bedankte sich und stolperte an den Tresen, wo sie einen Wodka bestellte. Während der Wirt einschenkte, ordnete sie ihre Kleider und zupfte den Rock wieder züchtig übers Knie.

Rinke starrte sie an und spürte ein Ziehen, das schräg durch seine Brust verlief, als hätte sich etwas mit winzigen Enterhaken an seiner Herzklappe festgekrallt. Dieses Gesicht mit der geraden Nase, den Mandelaugen, den perfekt geschwungenen, dunklen Brauen und diesem sinnlichen Mund, der einen geradezu ansprang ... nein, das war nicht Caterina Valente, das war eher ihre verdorbene Schwester. Man erkannte es an ihrem lasziven Hüftschwung und der Art, wie sie den Schnaps wegkippte.

Er drückte zwei Nummern und setzte sich wieder an seinen Platz.

Die Frau bestellte noch zwei weitere Schnäpse, dann ließ sie sich von den Halbstarken zum Tanzen auffordern.

Das versöhnte Rinke beinahe mit diesen jungen Leuten, denn nun konnte er ihr zuschauen. Der Enterhaken zerrte an seiner Herzklappe, dass es beinahe wehtat. Er winkte nach einem weiteren Bier. Als der Wirt kam, trug er ihm auf, der Frau noch einen Wodka auf seine Kosten zu spendieren.

Sie nahm das Glas anstandslos an und ließ sich zuflüstern, woher es kam. Dann prostete sie Rinke zu und lächelte so verführerisch, dass es beinahe obszön wirkte.

Nun kam das Lied, das er gewählt hatte: „Spiel noch einmal für mich, Habanero". Die Halbstarken und ihre Bräute hörten schlagartig auf zu tanzen. Aber die Frau breitete die Arme aus und tanzte wie in Trance, ganz langsam, aber gleichzeitig irgendwie angespannt, als stünde sie unter Strom. Starkstrom, seiner Meinung nach. Die Schwingungen reichten bis zu ihm hin. Würde er sie berühren, so schwante ihm, könnte es eine Explosion geben. Sie schloss die Augen und drehte sich mit halb geöffnetem Mund um sich selbst. Es war kaum auszuhalten, ihr dabei zuzusehen. Rinke verspürte den Drang aufzuspringen, sie zu packen, an sich zu reißen und ... ja, was dann?

Die Halbstarken schauten ihr fasziniert zu. Der Wirt verzog den Mund. Wahrscheinlich fragte er sich, ob sie noch alle Tassen im Schrank hatte. Ein ersticktes Jauchzen war zu hören, als die letzten Töne verklangen, das kam von ihr. Noch einen Wodka für die Dame.

Das zweite Valente-Stück ertönte, „Tipitipitipso", ziemlich albern, aber mit Rhythmus. Sie stieg aus ihren Pumps, hob die Arme über den Kopf und schwang die Hüften so geschmeidig, dass sie damit den Tänzerinnen im brasilianischen Karneval Konkurrenz hätte machen können. Ein auffordernd es Lächeln von ihr, und Rinke stand auf und tanzte mit. Wiegte sich im Takt dieses albernen Schlagers. Nicht so feurig wie sie, dann wäre dieser Schuppen ja in Flammen aufgegangen, aber mit jenen geschmeidigen Bewegungen, die einer Frau signalisieren, dass sie einen einfühlsamen Spielgefährten gefunden hat. Dabei berührten sie sich nicht, sondern umkreisten einander wie Atome eines Moleküls in spe. Nur einmal war ihr Mund so dicht an seinem Ohr, dass ihre Lippen es beinahe streiften, und sie lachte: „*Día de los muertos!*" Das kam ihm seltsam vor.

Die jungen Leute betrachteten sie mit ungläubigem Staunen, als könnten sie nicht glauben, dass ein solches dummes Biedermann-Liedchen derartige Leidenschaften hervorrufen konnte.

Auch Rinke kam es rätselhaft vor. Vielleicht lag es an seiner Anspannung. Aber was war dann mit ihr? Er starrte sie verwundert an. Der Blick, den sie ihm zurückwarf, war so direkt, dass er ihn wie eine eiskalte Nadel durchbohrte und erschauern ließ.

Dann war das Lied zu Ende. Stille brach aus. Nun waren wieder die Geräusche des Sturms zu hören, der draußen wütete. Das Rauschen und Brausen, das schon den ganzen Tag angehalten hatte, das Prasseln der Regentropfen, die über die Fensterscheiben spritzten wie winzige Kügelchen, ganz offensichtlich war auch Graupel dabei. Das Zischen und Spritzen, wenn draußen ein Auto durch eine Pfütze fuhr.

Sie schaute ihn an, atemlos, verschwitzt, mit leicht geöffnetem Mund, wirren Haaren, hypnotischen Augen. Er war sprachlos, wie benommen. Diese Begegnung passte nicht ins Konzept, schon gar nicht in den Plan.

„Na", sagte sie, „ich geh mich erst mal frisch machen. Warte auf mich, *Habanero.*"

„*Hasta luego*", sagte Rinke und sah ihr nach, wie sie hinter einer schäbigen Holztür verschwand.

Ein nasskalter Luftschwall wehte herein. Die Kneipentür wurde aufgestoßen und Piet trat durch die Tür. Er trug eine schwarze Öljacke mit Kapuze.

„Wo hast du denn dieses feine Garn her?", fragte Rinke zur Begrüßung.

„Seemannsmission", sagte Piet.

„Not macht erfinderisch", kommentierte Rinke.

„Wieso Not?"

„Das Wetter …"

„Passt doch gut. Man sieht kaum noch was. Als hätten Wind und Regen ein schwarzes Tuch über die Stadt gebreitet."

„Ein Dichter bist du auch geworden."

„Was soll das …"

Rinke nahm seine Jacke, ging zum Tresen, legte einen Fünfmarkschein hin und verabschiedete sich knapp.

Die Halbstarken sahen ihn verwundert an, als könnten sie nicht glauben, dass er seine aufregende Zufallsbekanntschaft einfach so fallen ließ. Aber nun war Elvis wieder dran und sang: „*Are You Lonesome Tonight?*"

Betty kehrte zurück in den Gastraum, hörte dieses amerikanische Lied, rümpfte die Nase und schaute sich um. Wo war der Kerl denn jetzt abgeblieben? Da wo er gesessen hatte, stand nur noch ein leeres Glas. Die Halbstarken lehnten am Tresen und warfen ihr höhnische Blicke zu. Der Wirt hatte eine mitleidige Miene aufgesetzt, wirkte leicht verlegen und zapfte fleißig. Die Mädchen verzogen süffisant ihre Schmollmünder. Zu ihnen gehörte auch das pummelige Mädchen aus dem Spar-Geschäft, bei der sie die Milch geholt hatte. Mit Pferdeschwanz und Pony war sie beinahe hübsch. Natürlich tat sie so, als würde sie Betty nicht kennen. Einer der Jungs sagte: „Der Traumprinz wurde von seinem Sohn abgeholt. Aber vielleicht ist es ja auch gar nicht sein Sohn ... so wie der Prinz getanzt hat."

Die Jungs lachten, die Mädchen wiegten scheinheilig bedauernd die Köpfe.

„Aber", sagte der Wortführer, „es ist noch nicht aller Tage Abend und Männer sind genug. Wie wär's mit uns?" Er tänzelte linkisch ein paar Schritte auf sie zu. Seine Kumpane lachten.

„*Ty dupku!*", zischte sie.

Er verstand die Beleidigung nicht, sondern tänzelte weiter, breitete die Arme aus und sang mit Elvis: „*Are you lonesome tonight?* Das muss doch nicht sein, Baby! Komm her."

„*Gamoniu!*" Sie war immer noch total aufgedreht, hatte eigentlich gehofft, sich beim Tanzen, Flirten und was vielleicht noch gekommen wäre, abzureagieren, Dampf abzulassen. Diesen Druck verringern, der in ihrem Körper vorherrschte und gegen die äußere Hülle drückte wie komprimierte Luft in einem Ballon. Sie merkte, wie ihr das Blut ins Gesicht schoss, sie balancierte auf einem schmalen Grat zwischen Euphorie und Wut. Ja, Enttäuschung war auch dabei, verdammt noch mal! Und das war wirklich lächerlich, das kam dazu. Wie schnell man doch aus den Höhen falscher Hoffnung in den Abgrund der Realität fallen konnte.

„He, Klaus, die beschimpft dich doch!", rief das Mädchen aus dem Spar-Geschäft empört.

„Sei doch still, Sabine", sagte ihre Freundin.

„Oh!", rief Klaus. „War das wirklich ein Schimpfwort, Fräulein Aussiedlerin?" Er drängte sich an sie heran. „Oder war's ein Kosewort? Sag's noch mal auf Deutsch und dann tanzen wir durch die Nacht."

Er zog die Schöße seiner Lederjacke auf, breitete sie aus in einer linkischen Geste vorgeblicher Verführung und umkreiste sie. Dabei taumelte er ein wenig, er war schon ziemlich betrunken.

„Ist ja nur ein armes kleines Flüchtlingsmädchen aus Ostpreußen", sagte eins der Mädchen kichernd.

Elvis hörte auf zu singen, die Platte war zu Ende gespielt.

„Blödmann!", sagte sie in die plötzliche Stille.

Klaus lachte. Sang *„Are You Lonesome Tonight"* mit einem schrecklichen Akzent und ziemlich schräg.

Sie spürte ein leichtes Kribbeln in den Fäusten.

Er umkreiste sie.

„Nach welchem Lied willst du mit mir tanzen? Sag's mir. Ich spendiere dir einen Song."

„Arschloch", sagte sie, ging zum Tresen und fragte den Wirt: „Was bin ich schuldig?"

„Ihr Kavalier hat bereits für Sie bezahlt."

Was war das denn für ein komischer Kauz, dachte sie, bezahlt für dich und haut ab. Aber natürlich war es besser so. Sie schüttelte den Kopf.

Der Wirt hob die Schultern, als wollte er sich dafür entschuldigen, und griff nach einem Messer, um für einen der Jungs eine von den getrockneten Mettwürsten abzuschneiden, die über dem Tresen hingen. Er legte sie auf einen Teller, auf dem sich schon eine Scheibe Graubrot und ein Klacks Senf befanden.

„Hat sie mich eben beleidigt?", fragte Klaus. „Hat sie mich beschimpft?" Er tat empört: „Dabei wollte ich ihr einen Song spendieren." Seine Zunge schien Schwierigkeiten mit dem englischen Wort zu haben, er lispelte.

Ein Mädchen lachte und sagte dann ernst: „Lass sie, Klaus, die ist krüsch."

Betty ging zur Garderobe neben dem Tresen und griff nach ihrem Mantel.

„Ach ..." Klaus schmollte übertrieben. „Bleib doch bei mir. Ich hab mich so an dich gewöhnt." Den letzten Satz wiederholte er und sang ihn wie Bully Buhlan.

Der Wirt legte sein Messer beiseite. „Hört mal, jetzt ist es aber gut. Lasst die Dame ..."

Die Mädchen schauten peinlich berührt zu Boden, dann drehten sie sich um. Die Jungs taten es ihnen gleich. Nur Klaus hörte nicht auf, um Betty zu scharwenzeln. Als sie gerade ihre braunen Locken über den Kragen geworfen hatte und den Mantel zuknöpfen wollte, packte er sie mit den Händen an den Schultern und sagte befehlend: „Bleib!" und warf ihr einen schmachtenden Blick zu.

Betty wirbelte herum, machte einen Ausfallschritt zum Tresen, griff nach dem Messer und zog Klaus die Klinge über die linke Wange. Er stieß einen Schreckensschrei aus. Die anderen drehten sich um, bemerkten aber nichts, da das Blut noch nicht aus der Schnittwunde drang. Klaus schlug sich die Hände vors Gesicht und gab ein ersticktes Stöhnen von sich.

Betty eilte zur Tür, riss sie auf und verschwand in einem Malstrom aus peitschenden Windböen und wild durcheinander prasselnden Regentropfen. So dicht und brodelnd, dass sie sich fühlte, als wäre sie unter einen Wasserfall geraten oder in der Meeresbrandung versunken. Es wurde immer schlimmer hier draußen. Die Bäume bogen sich im Sturm.

Sie schrie. Es klang wie ein Jauchzen. Etwas brach sich Bahn, als würde ihr Innerstes Sturzbäche von gerechtem Zorn herausschleudern. Sie rannte durch die entfesselten Elemente und fühlte sich befreit von allen Grenzen wie Wasser und Luft um sie herum. Sie war Teil dieses Tobsuchtsanfalls der Natur, vor dem sich alle Welt wegduckte. Die Menschen verbargen sich in ihren Wohnungen, glaubten, wenn sie nur still und leise, lieb und brav im Dunkeln hockten, würde das Unheil sie verschonen.

Aber das Unheil, das wusste Betty nur zu gut, war ein ganz cleverer Geselle. Es fand dich noch im hinterletzten Winkel tief unten im Keller. Sogar unter dem schwarzen Kohlehaufen, wo du ängstlich nach Luft schnappst und der schwarze Staub in Mund und Nase dringt. Das Schicksal zerrt dich da raus und behauptet scheinheilig, es würde dir gern helfen, dein Kleidchen zu waschen, aber dazu müsstest du es schon ausziehen. „Na, los doch, Fräulein. Deine Mutter hat's doch auch geschafft, mach's wie deine *matka. Rozbierać*, los!"

Sie ging ganz dicht an den Häuserfassaden entlang, keuchte und schrie ab und zu. Unartikulierte Laute drangen aus ihrer Kehle wie bei einem gequälten Tier. Und keiner konnte es hören, weil der Sturm toste und tobte. Das war ja irrsinnig, was da mit ihr geschah. Das war ihr noch nie passiert, dass dieser ganze elende Schmerz aus dem tiefsten Herzen nach oben drang und herausquoll, als würde sie alle erlittene Schmach auskotzen bis zum letzten Rest. Sie blieb stehen, beugte sich vor und würgte.

Lächerlich, dachte sie, und das nur wegen so einem Jungchen. Oder hatte es was mit dem anderen zu tun, der verschwunden war? Weil sie sich darauf eingelassen hatte, zum ersten Mal seit damals, als man sie zerbrochen hatte wie einen dünnen Ast? Oder weil er plötzlich weg war? Denn dass Menschen, denen man gehörte, schlagartig verschwinden, das war ja die andere Seite dieses hässlichen Daseins: Du bleibst übrig und verfluchst sie, weil sie dich allein gelassen haben. Und dann erträgst du die Leere nicht, die sich auftut, wenn sie nicht wiederkommen. Oder wenn du sie findest, im Hinterhof im Schlamm, beschmiert und besudelt und durchlöchert.

Sie richtete sich mühsam wieder auf. Es ist ja lächerlich, dachte sie, ich muss mich zusammenreißen. Das ist das beste deutsche Wort, das ich je gelernt habe, es passt zu mir: Ich bin ein zusammengerissener Mensch.

Aber dieser Kerl, dieser Abtrünnige ... Er war ihr irgendwie verwandt erschienen. Als wäre auch er ein zusammengerissener Mensch gewesen. So wie er sich beim Tanzen bewegt hatte, gleichermaßen linkisch wie hingebungsvoll, eckig wie geschmeidig. Und ohne diesen Willen zur Zerstörung im Blick, der den Deutschen so eigen ist, auch wenn sie ihn zurzeit ganz schlau hinter den Staubwolken der zerbombten Städte versteckt halten.

Ein Schluchzen, ein Schrei. Noch einer. Ihre Stimme überschlug sich, steigerte sich ins Schrille: „Warum bin ich hier? Ausgerechnet hier? Warum?"

Und da sah sie den Peterwagen näherkommen.

Und das sah wirklich absonderlich aus: Im Scheinwerferlicht des Ford Taunus mit der Aufschrift „Polizei" rannten hintereinander vier, fünf, nein, sechs Ratten über die Straße. Wo kamen die denn her? Normalerweise sieht man eine von denen. In der Laubenkolonie gab es natürlich welche, aber die traten selten in Erscheinung. Nasse Ratten mit struppigem Fell, ekelhaft. Aber es gibt Schlimmeres als Ratten, das steht mal fest.

Zum Beispiel Polizisten.

Der Streifenwagen hielt direkt vor ihr. Sie war schon auf dem Sprung, spannte die Muskeln, zwanzig Meter hinter ihr war ein Durchgang zwischen den Häusern, da war sie gerade vorbeigekommen. Zu spät, diese verdammten Ratten hatten sie abgelenkt. Arbeiten die jetzt auch schon mit der Polente zusammen?

Ganz ruhig bleiben.

„Guten Abend, Fräulein!", sagte der Beamte am Steuer, nachdem er die Scheibe heruntergekurbelt hatte. Ein hübscher junger Mann mit schwarzen Locken und einem ganz netten Lächeln. Lass dich bloß nicht davon einwickeln! Polente ist Polente.

Der Polizist auf dem Beifahrersitz setzte sich beim Aussteigen den Tschako auf den Kopf. Er war blond, hatte ein kantiges Gesicht und grinste hochnäsig. Einen Regenmantel hatte er nicht an, der Dummkopf. Er ging um den Peterwagen und kam auf sie zu. Der Fahrer schob die Tür einen Spaltbreit auf, zögerte dann aber. Es war ihm zu nass draußen.

Ganz ruhig, du hast ja das Messer.

In ihrer Manteltasche glitten die Kuppen von Daumen und Zeigefinger ganz langsam über die scharfe Klinge, dann umfasste sie den Griff.

„Darf ich mal Ihren Ausweis sehen?"
„Wie bitte?"
„Können Sie sich bitte ausweisen!"
„Nein, das kann ich nicht."
„Wie heißen Sie denn?"
„Müssen Sie das wissen?"
„Hören Sie ..." Der junge Beamte lachte überlegen.
„Können *Sie* sich denn ausweisen?"
„Ich? Na, Sie sehen doch ..."
„Vielleicht haben Sie den Wagen ja gestohlen."

Er lachte wieder, schaute sie mit Wohlgefallen an. Es ist immer das Gleiche, dachte Betty, man muss nur ablenken.

„Und so eine Uniform kann man sich im Kostümverleih besorgen."

Er bemühte sich um ein gewinnendes Lächeln. Bildete sich offenbar eine Menge auf sich ein. „Sie sind ja fantasiebegabt, Fräulein. Na schön, Polizeimeister Danner." Er deutete erst auf sich, dann zum Streifenwegen. „Und das da ist mein Kollege, Polizeiobermeister Mattei."

„Einen Ausweis?"

„Wir tragen Uniformen und fahren im Streifenwagen, Fräuleinchen, das muss genügen."

„Finde ich nicht."

„Sie drehen den Spieß um, sehr witzig." Er setzte eine verärgerte Miene auf. „Aber wenn *Sie* sich nicht ausweisen können, müssen wir Sie mit auf die Wache nehmen."

„Haben Sie die Ratten gesehen?"

„Was?"

„Es waren ganz viele. Sie sind hintereinander über die Straße gerannt. Wissen Sie, was das bedeutet?"

„Ratten?"

„Wenn so viele hintereinander wegrennen, dann haben sie Gefahr gewittert. Ich hab das mal gesehen ... das Feuer brach erst eine halbe Stunde später aus ..."

„Hören Sie mal, lassen Sie das jetzt." Er trat auf sie zu.

Der Fahrer schob die Tür auf: „Karl, das ist sie!", rief er, während er gleichzeitig das Gesicht verzog, weil der Regen auf seine hübschen schwarzen Locken prasselte. Er wandte sich um, wahrscheinlich suchte er seinen Tschako.

Der andere stutzte, verzog grimmig das Gesicht und hob die Arme. Sie kannte diese Geste gut, sie war immer sehr ähnlich. Und deshalb hatte sie geübt, wie man unter den erhobenen Armen hindurch zum Ziel kam.

Ritsch-ratsch.

Wenn einer allein vor dir steht, kannst du abwarten, bis das Blut herausspritzt und Verblüffung sich auf dem Gesicht ausbreitet. Aber wenn's mehrere sind, drehst du dich besser um und rennst um dein Leben.

Sie hörte nur ein gurgelndes Krächzen und den Schrei: „Hilfe!"

Dann war sie auch schon in den Durchgang abgebogen und rannte weiter. Rannte im Zickzack durch das Reiherstiegviertel, mal hierhin, mal dorthin, diese Straße und Gasse, jenen Weg und Pfad. Bis sie oben auf dem Deich anlangte und weit und breit niemand zu sehen war, nur wallende Schwärze und dröhnender Wind.

Der Regen machte eine Verschnaufpause. Du nicht, Betty, geh weiter, bring's zu Ende. Dein Ausflug in die Kneipe war eine Dummheit gewesen, merkst du's jetzt endlich? Aber ich hab es doch nicht mehr ausgehalten bei der stummen Leiche mit dem blauen Gesicht. Ich musste doch feiern, ich war doch so froh! Brauchte Bewegung. Braucht nicht jeder Bewegung nach einer großen Tat? Gott hat sich ausgeruht nach seinem großen Werk, aber der Teufel, der geht tanzen, wenn er zerstört hat. Und ich als Teufelin … meine Güte, ist das jetzt Entschuldigung genug?

Nein, der Natur genügte es offensichtlich nicht. Der Wind fegte sie beinahe vom Deich. Sie ging unten im Windschatten weiter, bis sie den Pfad erreichte, der zu Herrn Heinrichs Bude führte. Die war nun herrenlos geworden. Hoffentlich merkt es so schnell keiner.

Das Schloss klemmte, die Tür hing irgendwo fest. Sie musste mit den Füßen mehrmals dagegentreten, um sie aufzubekommen. Als sie drinnen war, schloss sie wieder ab. Dann drehte sie den Lichtschalter um und die wenigen, hier und da von den Decken hängenden nackten Glühbirnen leuchteten auf.

„Entweder ich habe Licht oder ich habe kein Licht", war Herrn Heinrichs Erklärung gewesen, warum es für alle Lampen in allen Räumen nur einen Schalter gab. Also auch in ihrer Schlafkammer. Wenn er nachts nicht schlafen konnte, rief er sie und sie musste den Schalter umlegen. Dann setzte sie ihn in seinen Rollstuhl und ging wieder zu Bett, nachdem sie die Birne in ihrem Zimmer ausgedreht hatte. Nach ungefähr zwei Stunden, in denen er Radio gehört hatte, ließ er sich dann wieder ins Bett legen. „Und vergiss nicht, die Birne bei dir wieder reinzudrehen." Was für eine Umstandskrämerei.

Aber damit war nun Schluss.

Sie schob den Rollstuhl mit der blaugesichtigen Leiche in die Ecke neben dem Bett und nahm ihr sorgsam die Drahtschlinge ab, die tief in den Hals eingeschnitten war. Anschließend kniete sie sich hin, um den Holzboden aufzunehmen. Verdammte Plackerei. Aber es ging ja nicht nur darum, ihn in sein Grab zu legen. Es ging um den Schatz, der in der Grube unter den morschen Planken verborgen war. Herr Heinrich hatte nämlich eigenartige Allüren gehabt. Hatte von ihr verlangt, einen Bunker zu graben, direkt unter seinem Zimmer. Weil er Angst hatte vor dem nächsten Krieg. Denn der würde mit Atombomben geführt. Weshalb man in Hamburg unter dem Hauptbahnhof einen Atombunker eingerichtet hatte. Nur war dort kein Platz für einen Rollstuhlfahrer aus einer Behelfsunterkunft südlich der Elbe reserviert. Deshalb hatte Herr Heinrich sich entschlossen, den Bunker selbst zu bauen. Da er aber im Rollstuhl saß, musste sie die Plackerei mit dem Ausheben erledigen. Und heimlich die Erde wegbringen, denn die Nachbarn durften nichts merken. Weil in der Grube nämlich nicht nur Platz für Mann und Rollstuhl war, sondern auch für eine handliche, aber sehr schwere Metallkassette. Herrn Heinrichs Schatztruhe.

So kam dann alles in Ordnung: Betty wusste, wo sie die Leiche verschwinden lassen konnte. Und sie konnte den Schatz von Herrn Heinrich an sich nehmen.

Die Bohlen waren vernagelt. Es dauerte, bis sie die langen Nägel herausgezogen hatte. Dann die Bretter hochnehmen und wegstellen. Anschließend die schwere Plane beiseiteziehen. Und noch ein paar Holzplanken abnehmen. Nun wurde die zwei mal zwei Meter große Grube sichtbar. Es führte sogar eine Stromleitung hinunter zu einer Glühlampe. Damit Herr Heinrich, während draußen der Atomkrieg tobte, dort unten in seinem Mini-Bunker Zeitung lesen konnte. Oder Radio hören, denn ein kleines Nordmende Transistorradio mit Batteriebetrieb war auch vorhanden. Und ein kleiner Vorrat Dosenfraß und Wasser in Flaschen.

„Wie lange wollen Sie denn da unten ausharren, Herr Heinrich?"

„Achtundvierzig Stunden, dann ist der Fallout vorbei."

An sie hatte er nicht gedacht. Und sie hütete sich, ihm zu erzählen, dass sie gelesen hatte, dass in Hiroshima noch heute Leute wegen der Radioaktivität starben. Womöglich wäre er auf die Idee gekommen, den Bunker zu vergrößern. Und auf diese Plackerei hatte sie wirklich keine Lust gehabt.

Jetzt stieg sie nach unten, nahm die Kassette, stemmte sie keuchend hoch und schob sie über den Grubenrand. Kletterte wieder heraus, schob die blaugesichtige Leiche zu ihrem Grab und gab ihr einen ordentlichen Schubs. Die sterblichen Überreste von Herrn Heinrich plumpsten kopfüber ins Loch. Ein dumpfer Aufprall, die Fensterscheiben klirrten, dass Haus erzitterte. Aber das kam von draußen. Vom Wind.

Sie schreckte auf, erstarrte kurz und sprang dann hastig zum Lichtschalter, um ihn auszudrehen. Jetzt rumpelte es an der Tür. Jemand zerrte am Türknauf. Schlug mit den Fäusten dagegen. Das Haus erbebte. Aber das kam vom Wind oder?

Eine klägliche, eine jammernde Stimme übertönte das Jaulen des Windes und das Prasseln des Regens, der wieder eingesetzt hatte.

„Herr Heinrich!"

Das war die Nachbarin Frau Wichers. Verdammt! Was jetzt?

„Herr Heinrich! Sturmwarnung!"

Die war ja witzig. Wir haben Sturm! Das hab ich schon gemerkt, du dumme Kuh!

„Herr Heinrich! Die Flut kommt!"

Betty drehte den Schlüssel um und zog die Tür einen Spaltbreit auf. „Was ist denn?"

Frau Wichers kreischte wieder was von Sturm und Flut. Sie hätte von jemandem gehört, der eine Durchsage gehört hätte, man solle die Häuser räumen. Aber keiner wollte ihr glauben.

„Ach so, Frau Wichers, ja, ja. Das machen wir gleich, Frau Wichers. Ich muss nur noch Herrn Heinrich was Warmes anziehen, dann gehen wir los. Wo sollen wir denn hin?"

„Ja, das weiß ich nicht. Aufn Deich?"

„Bei dem Wetter?"

„Na ja, dann halt irgendwohin, wo's trocken bleibt. Oder zur Wache. Polizei oder Feuerwehr."

„Ist gut, Frau Wichers, dann gehen Sie schon mal vor. Wir kommen gleich nach."

„Ja gut, das ist wirklich gut, dass Sie so vernünftig sind. Die anderen ... na ja, und die meisten schlafen schon."

„Bis gleich, Frau Wichers!"

Betty warf die Tür zu. Die Alte ist auch nicht mehr ganz dicht, dachte sie.

Dann schloss sie die Grube und überließ Herrn Heinrich seinen bescheidenen Vorräten. „Aber nun musst du mehr als achtundvierzig Stunden da drin bleiben, du verdammter Schweinehund", sagte sie höhnisch.

Die Bretter kamen wieder drüber, dann die Plane, dann die Holzbohlen des Fußbodens, die sie wieder schön ordentlich festnagelte, während der Wind draußen an der Bruchbude zerrte und ruckte, die Fenster schepperten und das morsche Gebälk knarrte und quietschte.

Schließlich stellte sie die Stahlkassette auf den Esstisch und fragte sich, wo der Schlüssel war. Den hatte er doch immer in seiner Westentasche. Und die hatte er immer noch an! *Cholera jasna!* Das darf doch nicht wahr sein! Diese verfluchte Alte von nebenan hat mich völlig aus dem Konzept gebracht mit ihrem Gejammer!

Also die ganze Prozedur noch mal von vorn: Holzbohlen aufnehmen, Plane wegziehen, Bretter beiseiteräumen, runterklettern, seine Taschen durchsuchen. Ja, tatsächlich, der Schlüsselbund, an dem auch der Kassettenschlüssel baumelt, steckt in seiner Westentasche. Rausklettern, Bretter drauf, Plane drüber, Holzbohlen festnageln.

Sie trat an den Tisch, steckte den Schlüssel in das kleine Schloss und drehte ihn um. Hob den Deckel an. Da lag ein Leinensack. Prall gefüllt. Sie hob ihn hoch, er war schwer. Mit einem dünnen Band verschnürt. Sie zupfte die Schleife auf, drehte den Sack um und die Münzen fielen klimpernd heraus.

Lauter glänzende Złoty-Münzen mit dem Konterfei von Bolesław I., echtes Gold, erbeutet bei den Untermenschen im Raum, der ein neues Volk bekommen sollte. Woraus dann allerdings nichts geworden war, im Gegenteil.

„So, Herr Heinrich, jetzt sind wir quitt", sagte Betty und ihr Blick wanderte von der Kassette zu der Stelle, unter der die Leiche lag.

Sie begann, die Münzen wieder in den Sack zu füllen. Und da hörte sie ein merkwürdiges Glucksen und Gluckern. Sie schaute zur Haustür und sah, dass sich dort eine große Pfütze gebildet hatte. Und immer mehr Wasser drang durch den Spalt unter der Tür herein.

„Eine leichte Übung."

Rinke zog den Schlüssel aus dem Zündschloss. Der Hanomag dieselte nach.

Piet warf ihm einen skeptischen Blick zu.

„Was ist?", fragte Rinke und reichte ihm eine Wollmütze.

Der Junge zuckte mit den Schultern. „Nichts."

Beide zogen die Mützen auf. Für den Fall, dass Tarnung nötig wäre, konnte man sie übers Gesicht ziehen. Rinke hatte für diesen Zweck jeweils zwei Löcher für die Augen hineingeschnitten.

Der Lieferwagen stand auf dem Deich, nicht weit vom westlichen Ende des Berliner Ufers entfernt. Vor ihnen lag der Ernst-August-Kanal. Rechts zog sich der endlose, hohe Zaun entlang, der das Freihafengelände vom Stadtgebiet abtrennte. Dahinter lag das Becken des Spreehafens und mitten drin, südlich des großen Rangierbahnhofs mit dem gigantischen Schuppen 59, die kleine Insel, auf die sie wollten. Rinke hatte das Gebiet vor einigen Tagen erkundet und war über einige Brachflächen und Gleise gelaufen, hatte Durchgänge zwischen Schuppen passiert und war über lästige Sperren geklettert. Vor seinem inneren Auge breitete sich die Landkarte des Hafengebiets auf. Für den Fall, dass etwas schiefging, hatte er mehrere Fluchtrouten im Kopf.

Der Lieferwagen ruckte hin und her. Ein Wasserschwall spritzte über die Windschutzscheibe. „Das ist bloß der Wind", sagte Rinke. „Das Wetter spielt uns in die Hände."

„Können wir nicht bis hin fahren?", fragte Piet. Er zupfte an seiner Jacke herum. Nach seinem Gesichtsausdruck zu urteilen, war ihm unbehaglich zumute. So ein Weichei, dachte Rinke.

„Wir sind so dicht dran wie möglich. Da vorn kommt die Brücke, die auf die Insel führt."

„Insel?"

„Wo kommst du denn her? Die ganze Gegend hier besteht aus Inseln. Drumherum fließt die Elbe. Große Inseln, kleine Inseln. Die da drüben ist klein. Fährt 'ne Eisenbahn drauf. Willst du lieber mit der Eisenbahn zur Arbeit fahren? Wär dir das lieber? Erster Klasse?"

„Quatsch."

„Zurück geht's dann mit dem Ruderboot, das ist unauffälliger."

„Was?" Piet schaute ihn entgeistert an.

Rinke lachte hämisch. „War nur ein Scherz. Reg dich nicht gleich auf. Wieso haben wir denn den Hanomag hier? Damit wir nachher bequem abhauen können."

„Ja, ja." Piet verzog das Gesicht, stierte vor sich hin wie einer, dem man oft mit dummen Scherzen auf seine Kosten gekommen war. Rinke nahm sich vor, ihn nicht mehr so aufs Korn zu nehmen.

„Mach dich nicht verrückt", sagte er und schob die Fahrertür auf.

Piet versuchte das Gleiche auf seiner Seite, ohne Erfolg. Irritiert ruckte er am Türgriff, drückte mit der Schulter, nahm alle Kraft zusammen und schaffte es, die Tür einen kleinen Spaltbreit aufzustemmen, dann fiel sie wieder ins Schloss.

„Was ist denn?", fragte Rinke.

„Die Tür klemmt."

„Das ist der Wind. Komm halt hier raus."

Piet rutschte über den Fahrersitz und stieg aus.

Die rechte Hecktür des Hanomag zu öffnen, war auch nicht ganz einfach. Als sie sie aufgeschoben hatten, musste Piet sich dagegenstemmen, damit sie nicht zuschlug. Rinke holte die Rucksäcke heraus, schnallte sich den einen auf den Rücken und hielt Piet den anderen hin. Kaum hatte er die Tür losgelassen, knallte sie zu.

Der Wind war so stark, dass sie beinahe umgeweht wurden.

Rinke grinste verkniffen. „Gut, dass wir Gewichte auf dem Rücken haben." Er hielt eine Stablampe in der Hand, probierte sie aus. Der Lichtkegel wirkte armselig mitten im Sturm.

Sie stapften los, den Ernst-August-Kanal entlang, der bis zum Rand gefüllt war und dessen kabbelige Wellen über den Deichkamm schwappten. Gischt sprühte, Brandung dröhnte, als wären sie am Meer. Die Böen waren unberechenbar, hinterhältig und aggressiv. Rinke beleuchtete den Weg.

Piet beklagte sich über das Gewicht der Rucksäcke.

„Ist ja nicht weit", versuchte Rinke ihn zu beschwichtigen. Auch ihm ging der Wind auf die Nerven.

Der Sperrzaun bog sich. Oben drauf balancierte eine Ratte, kurz vor dem Sprung. „Die will hoch hinaus, genau wie wir", sagte Rinke.

„Die bibbert vor Angst", sagte Piet.

„Ratten kennen keine Angst." Rinke legte den Kragen seiner Windjacke enger um den Hals.

„Da vorn kommt die Brücke, die den Klütjenfelder Hafen vom Spreehafen trennt. Da müssen wir rüber." Rinke machte eine Geste wie ein Bergführer, der zu imaginären Gipfeln deutet.

„Was du nicht sagst", murmelte Piet verbissen. Tatsächlich war bis auf vage Schemen von eigenartigen Bauten oder Kränen kaum etwas zu sehen. Vielleicht auch bloß Schattenspiele von Rauch oder Wolken. Etwas tauchte auf und verging wieder im schwachen diffusen Schein von Laternen, deren dunkelgelbes Licht wirkte, als wäre es kurz vor dem Verlöschen.

„Vorher kommt die Zollstation."

„Ja, scheiße ..." Piet war in eine tiefe Pfütze getreten, aber das war nicht das eigentliche Problem: Vor ihnen hatte das Wasser aus dem Ernst-August-Kanal eine zwei Meter breite Rinne aus dem Damm gewaschen. Wie tief der entstandene Bach war, konnte man nicht abschätzen. Das Wasser stürzte über den Deichrand in die Tiefe wie ein Wasserfall und teilte sich in zwei Bäche. Unten in der Senke hing eine Straßenlampe an einem Haus, warf ihr Licht auf sumpfiges Gelände und einen schmalen Kiesweg.

Sie kletterten vom Deich herunter und stapften durch den Morast und durch das Wasser, liefen unten weiter bis zur Brücke.

Der Zugang zur Insel wurde von einer zweiflügeligen Tür versperrt. Das mickrige einstöckige Häuschen der Zollstation wirkte in diesem Wetter-Irrsinn beinahe einladend. Warmes Licht schimmerte hinter der Tür mit dem Milchglasfenster. Es gab eine Klingel. Rinke drückte auf den Knopf und schaltete gleichzeitig seine Stablampe aus. Es tat sich nichts. Hinter dem Fenster ein blasser, bläulicher Schimmer.

„Ist keiner da. Gehen wir doch einfach rüber", sagte Piet.

„Quatsch. Außerdem ist das Tor verschlossen." Der Junge hat keine Lust, dachte Rinke, ich hätte ihn nicht mitnehmen sollen. Aber was willst du machen, wenn die Zeit drängt? Im Übrigen kannst du es auch mal so sehen: Das hier ist dein Key Largo und hinter dem Horizont wartet Kuba auf dich. Er drückte noch einmal auf die Klingel. Der bläuliche Schimmer hinter dem Fenster verlosch.

Auf der anderen Seite der Tür näherte sich ein Schatten, dann wurde sie aufgerissen.

„Was ist denn los?"

„Guten Abend, Kollege", sagte Rinke zu dem Mann, der eine halbe Uniform trug. Hosenträger über dem Hemd, einer hing herunter.

Rinke hielt ihm Arbeits- und Einteilungskarte unter die Nase. Der Zollbeamte starrte ungläubig darauf, schien seine Lesebrille zu vermissen. War auch nicht mehr der Jüngste, schlaffe Wangen, Hängebauch.

„Heute Nacht? Bei dem Wetter?"

„Das Schiff legt früh ab. Was getan werden muss, muss getan werden", sagte Rinke.

„Bei dem Wetter?", wiederholte der Beamte.

„Bei dem Wetter", versicherte Rinke.

Der Beamte nahm Piet ins Visier, misstrauisch, als könnte er nicht glauben, dass so einer überhaupt arbeitete, geschweige denn mitten in der Nacht. „Hat der Kollege auch Papiere?"

„Klar", sagte Rinke und nickte Piet auffordernd zu.

Der Junge kramte unwillig in seiner Hosentasche herum. Er hat eine Aversion gegen Beamte, ganz klar, dachte Rinke. Ist ja verständlich, wenn man sich eigentlich nie ausweisen kann und die einen sowieso immer aufm Kieker haben.

Piet hielt dem Mann vom Zoll seinen Ausweis hin.

„Was wollt ihr denn schweißen?", fragte der Beamte, etwas freundlicher gestimmt. „Der Wind bläst euch doch die Flamme aus."

So ein Unsinn, dachte Rinke, sagte aber locker: „Wir arbeiten unter Deck, im Laderaum. Die haben neue Scherstöcke bekommen, die zu lang waren. Haben sie zu spät bemerkt. Bis der Erste sich verkantet hat. Da ist ihnen ein Licht aufgegangen. Haben bei uns antelefoniert. Und wir haben alles stehen und liegen gelassen. Aber dann brauchten wir ja noch die Ausweise. Also erst zum Amt. Jetzt ist die Zeit knapp. Wir müssen kürzen. Und zwar ruckzuck, denn die wollen ja auslaufen. Ladung kriegen die erst in Bremerhaven, aber muss ja alles ordentlich passen, sonst ..."

„Ja, ja, schon gut." Der Beamte warf misstrauisch einen Blick Richtung Tor. Der Wind fegte Wasserschwaden durch den Zaun.

„Wir können selbst aufschließen", sagte Rinke, der inzwischen bemerkt hatte, dass der Mann vom Zoll Pantoffeln trug.

„Das Wasser steht ja noch höher ...", murmelte der Beamte schläfrig.

„Wie gesagt", drängte Rinke vorsichtig, „die Zeit ist knapp."

„Ich hol mal den Schlüssel." Er drehte sich um und schlurfte davon.

Als er zurückkam, war er nicht mehr so schläfrig. „Die *Tameio* legt aber erst morgen Nachmittag ab", sagte er.

„Ist mir nicht bekannt", sagte Rinke. „Und was weiß ich denn, was die sonst noch aufm Zettel haben."

Der Beamte schaute ihn misstrauisch an. Er hatte die Rucksäcke bemerkt.

„Wenn wir bestellt werden kommen wir, egal, was Wind und Wetter ..."

Dem Zöllner schien auch das Gesicht von Piet nicht zu gefallen. Er starrte ihn an.

„Was war denn heute los bei den Hesselbachs?", fragte Rinke.

„Was?"

„Ich dachte nur, weil der Fernseher lief ..."

„Ich geh mal kurz telefonieren", sagte der Beamte und verschwand.

„Was sollte das denn?", fragte Piet.

„Glaubst du, so ein Aufpasser darf glotzen? Von wegen."

„Darf er denn in Filzlatschen Dienst schieben?" Der Anflug eines Grinsens erschien auf Piets Gesicht.

Na also, jetzt wird er endlich lockerer, dachte Rinke.

„Was macht er denn jetzt?", fragte Piet und lugte in den Flur.

„Sich wichtig."

Der Zollbeamte tauchte wieder auf und schüttelte den Kopf. „Telefon ist gestört."

„Bei den Hesselbachs?", fragte Piet frech.

Rinke warf ihm einen warnenden Blick zu.

Der Mann vom Zoll gab Rinke den Schlüssel. „Bring wieder her, ich schließ dann später ab, muss erst mal den Mantel ..."

„Alles klar."

Nachdem er den Schlüssel wiederbekommen hatte, schloss der Zöllner eilig die Tür. Rinke schaltete die Stablampe wieder ein.

Als sie auf der anderen Seite der Freihafengrenze weitergingen, wurde Rinke wortkarg. Hohe Zäune mochte er gar nicht, vor allem nicht im Rücken.

Die Insel war klein. Vom Grasbrook her kamen Eisenbahnschienen, die sich verzweigten. An den Gleisen standen einige größere Schuppen, dahinter am Veddelkanal konnte man vage die Umrisse von Portalkränen ausmachen. Überall tiefe Pfützen. Die Laternen vor den Schuppeneingängen waren größtenteils gelöscht, hier arbeitete niemand. Sie gingen über die Gleise, sprangen von einer Schwelle zur anderen, das war einfacher, als daneben durch den Matsch zu stiefeln.

Am Ende des Brandenburger Ufers lag die *MS Tameio*, ein Frachtdampfer von ungefähr neunzig Metern Länge und zwölf Metern Breite, der schon bessere Zeiten gesehen hatte. Er hatte die typischen Aufbauten eines Stückgutfrachters mittschiffs und am Heck sowie drei Lademasten, zwei zwischen Vorschiff und mittlerem Deckshaus und einen zwischen mittlerem und hinterem Deckshaus. Von jedem Mast ragten mehrere Ladebäume schräg in die Höhe.

Rinke hatte die Umgebung und das Schiff, das unter griechischer Flagge fuhr, vor zwei Tagen ausgekundschaftet und festgestellt, dass der Kahn von oben bis unten verrostet war. Jetzt, in Dunkelheit und Sturm, wirkte die massige schwarze Silhouette, als wäre sie gegen alle Unbilden gefeit. Ein Fallreep führte schräg vom Deck auf die Kaimauer hinunter.

Rinke blieb in ungefähr vierzig Metern Entfernung stehen und schaltete die Lampe aus. Dann zündete er sich eine Zigarette an, was ihm unter den gegebenen Umständen erst nach einigen Versuchen gelang. Er zog ein paar Mal daran, dann war die Zigarette durchnässt und er warf sie weg.

Piet schaute ihm ungeduldig zu. „Was denn nun?", fragte er.

Der Wind brauste so laut, dass Rinke nur von den Lippenbewegungen auf die Frage schließen konnte. Er hob beschwichtigend die Hand.

Irgendwo hinter dem Tosen des Sturms, dem Branden der Wellen und dem Peitschen des Regens war das Klappern des Ladegeschirrs zu hören.

Rinke richtete die Stablampe auf das Schiff und gab ein Lichtzeichen: „.-.. . -. .. -.". An Deck antwortete jemand mit „-... .-.- -. .. - . ... -.". Rinke lachte leise vor sich hin.

Als Klaus und Sabine aus der „Deichhütte" traten, sahen sie einige Meter entfernt den Streifenwagen am Straßenrand stehen. Ein Beamter, dessen Uniform schon jede Menge Regentropfen aufgesogen hatte, stand vor dem geöffneten Kofferraum und holte gerade einen Erste-Hilfe-Kasten heraus.

„Die schickt der Himmel", sagte das Mädchen. Klaus taumelte neben ihr her und geriet ins Straucheln, weil der Wind ihm zusetzte. Sie fasste ihn am Arm und stützte ihn.

Über die linke Wange des jungen Mannes war ein großer langer Streifen Hansaplast-Pflaster geklebt worden. Es war rot und feucht, Blutstropfen quollen darunter hervor.

„He! Hallo! Polizei!", rief das Mädchen.

Klaus bemerkte die Beamten und wurde langsamer. „Mensch, Sabine", sagte er abweisend, „lass doch die Polente."

„Wieso? Wir haben nichts gemacht", sagte Sabine. „Im Gegenteil, du wurdest angegriffen."

„Meine Güte", murmelte Klaus, ließ sich aber mitziehen. Der Regen prasselte auf den Asphalt. Der Wind zerrte an ihren Klamotten. Sabine knöpfte sich hastig den Mantel zu.

„Entschuldigen Sie bitte", sagte sie. Dann bemerkte sie die offene Fahrertür und den anderen Beamten, der mit gesenktem Kopf dort saß und sich mit beiden Händen die linke Wange hielt, von der etwas Dunkles heruntertropfte. Seine blonden Haare waren nass und zerzaust. Sein Tschako stand vor ihm auf dem Randstein, als würde er um eine milde Gabe bitten.

„Ach du Scheiße", murmelte sie.

Der Beamte am Kofferraum schaute alarmiert zu ihnen hin: „Was machen Sie da?" In der linken Hand hielt er den Erste-Hilfe-Kasten, die rechte lag auf dem Pistolenhalfter. Das Licht einer nahen Straßenlaterne fiel auf das Autodach, von dem der Regen aufspritzte. Winzige Tropfen leuchteten auf wie bei einem kleinen Feuerwerk und verwehten.

Klaus und Sabine blieben abrupt stehen. „Nichts ...", sagte Sabine unschlüssig. Schaute von einem Polizisten zum anderen. „Wir ... er ..." Sie hob eine Hand und deutete auf Klaus Gesicht. Der Polizist am Kofferraum verstand nicht, was sie meinte. Der verletzte Beamte schaute auf und kapierte schneller, was los war. Dass noch jemand die gleiche Wunde hatte wie er, schien ihn zu verwirren. Er schüttelte kurz den Kopf und ein paar Blutstropfen fielen auf seine Hosenbeine.

„Mein Begleiter hier wurde angegriffen", sagte Sabine beherzt. „Er braucht Hilfe."

„Ich auch", stöhnte Polizeimeister Danner. Sein Kollege trat zu ihm, klappte den Kasten auf und suchte hektisch nach Mullbinden und Leukoplast. Er fand was, stellte sich aber ziemlich ungeschickt an und schaffte es nicht, die kleinen Kompressen auf die Wange seines Kollegen zu drücken und gleichzeitig festzukleben. Sein Kollege war so genervt, dass er ihn wütend anschnauzte: „Mensch, Mattei!" Ein blutgetränktes Stück Stoff segelte zu Boden.

„Lassen Sie mich mal", sagte Sabine und trat dazu. Mit sicherer Hand klebte sie genug Mullstücke auf die Wange des Polizisten, sodass die Wunde bedeckt war, und fest genug, um die Blutung zu stillen oder wenigstens zu lindern.

Sie drehte sich zu Klaus um, weitere Kompressen und die Leukoplastrolle in der Hand. „Ich kann dir das auch ..."

Klaus drehte energisch den Kopf weg. „Wehe du reißt das Pflaster ab."

Sie schüttelte den Kopf. „Ist ja schon gut." Dann wandte sie sich an den unverletzten Beamten: „Wir möchten Anzeige erstatten. Mein Begleiter wurde von einer Frau angegriffen und mit dem Messer verletzt."

„Ja ..." sagte Mattei. Er wirkte verwirrt.

„Und ihr Kollege auch?", fragte sie ungläubig.

„Ja ...", gab Mattei kleinlaut zu.

„Die müssen beide ins Krankenhaus, die Wunden müssen genäht werden. Sonst sehen die später aus wie ..."

„Krankenhaus, ja." Mattei nickte, froh darüber, dass jemand eine rettende Idee hatte. „Wir fahren ins Krankenhaus."

„Los, steig ein", sagte Sabine zu Klaus.

Der schüttelte den Kopf. „In die grüne Minna? Du bist wohl nicht ganz bei Trost."

„Du musst ins Krankenhaus, Mensch!", fuhr Sabine ihn an.

„Ja, aber Moment mal, so einfach ..." , setzte Mattei an. „Wer sind Sie überhaupt?"

„Das kann er Ihnen unterwegs erklären!", rief Sabine. „Sie werden doch wohl einem verletzten Bürger helfen, der verarztet werden muss. Zumal ihr Kollege auch betroffen ist. Im Übrigen haben wir ja versucht, einen

Krankenwagen zu rufen, aber die Telefonleitung ist gestört, es gab kein Durchkommen."

„Lass doch …", murmelte Klaus.

„Nein! Es kann doch nicht angehen, dass Sie ihn hier stehen lassen. Sehen Sie mal, wie das Blut rausquillt. Das wäre ja unterlassene Hilfeleistung."

„Ja, los, verdammt …" Danner stemmte sich hoch und zog die Hintertür des Streifenwagens auf. „Steigen Sie ein. Ist nicht weit zum Krankenhaus." Er stöhnte und hielt sich die Wange. „Mann, tut das weh", sagte er, um seinen Kollegen anzutreiben.

Klaus setzte sich auf den Rücksitz rutschte ein Stück durch und sah Sabine auffordernd an.

„Gut", sagte sie. „Alles Gute. Wir sehen uns …"

Jetzt war Klaus verwirrt. „Kommst du nicht mit?"

„Ich geh nach Hause. Muss morgen bei meinem Vater im Laden aushelfen. Ist sowieso schon so spät."

„Ich soll allein ins Krankenhaus …?"

„Die Polente bringt dich hin."

„Und du lässt mich allein?"

„Soll ich bei dir Händchen halten? Nee, danke."

„Sabine …" Klaus wirkte ehrlich verzweifelt.

Sie schüttelte den Kopf. „Du wirst es überleben."

Die Beamten waren eingestiegen und knallten die Türen zu.

„Seid ihr euch einig, da hinten?", rief Mattei.

Sabine warf die Tür zu. Klaus zuckte zusammen.

Der Ford Taunus setzte sich in Bewegung. Sabine schaute ihm nach.

„Wohin denn jetzt?", fragte Mattei, der schon immer Probleme mit der Orientierung hatte. Und jetzt in diesem nächtlichen Sturm sowieso.

„Groß-Sand."

Mattei dachte nach, schüttelte den Kopf. „Sag mir den Weg." Sein Orientierungssinn war nicht der beste. Er hatte seinen Führerschein noch nicht lange. Danner machte sich gern darüber lustig, dass er unnötige Umwege fuhr.

„Ja, warte mal, am besten ... nee, die andere Richtung. Wir müssen über die Industriestraße fahren."

Aber da waren sie schon in die falsche Straße eingebogen. Es gab hier eine Menge enger Gassen, bei denen man den Überblick verlieren konnte. Die Dunkelheit, der Sturm und der Regen machten es nicht einfacher.

Als sie endlich in die richtige Richtung fuhren, landeten sie im Wasser, an einer Stelle, wo eigentlich kein Wasser sein sollte. Der Kleine Kanal, der von Nord nach Süd verlief und Ernst-August-Kanal und Veringkanal verband, war über die Ufer getreten und hatte einen Teil der Fährstraße überschwemmt. Oder kam das Wasser aus dem Veringkanal? Oder ganz woanders her? Wie tief war es hier eigentlich? Die Windschutzscheibe war auf der Innenseite beschlagen, und außen schaffte es der Scheibenwischer kaum, die Sicht freizuhalten.

„Mist! Ich schau mal, ob man da durchkommt." Mattei stieg aus.

Sein Kollege starrte verbissen nach draußen und hielt sich die Wange. Klaus schaute apathisch nach unten, ebenfalls eine Hand an der Wange. Regentropfen wehten durch die offene Tür herein.

„So was Blödes", sagte Mattei, als er wieder einstieg. „Ich dachte, es ist bloß ein paar Zentimeter hoch. Aber auf einmal stand ich knietief drin. Und dahinter ist noch mehr Wasser. Wir müssen andersherum fahren."

Danner stöhnte: „Meine Güte."

In diesem Moment schwappte eine Welle gegen die Motorhaube und es spritzte. Der Ford Taunus ruckte auf und ab. Mattei beeilte sich, den Rückwärtsgang zu finden und fuhr schlingernd zurück, bis er wenden konnte.

Nun steuerten sie die Veringstraße an, die geradeaus zum Krankenhaus führte. An der Rotenhäuser Straße war Schluss. Die Straßen waren zu Kanälen geworden, die Kanäle zu Flüssen und diese Flüsse waren übers Ufer getreten, Senken liefen voll und wurden zu Teichen.

„Komisch", murmelte Klaus dumpf. „Ist denn so viel Regen gefallen?"

Danner lachte hämisch. „Das Wasser stand doch die ganze Zeit schon hoch. Jetzt ist es über die Deiche rüber. Na, Prost Mahlzeit."

Mattei fuhr wieder zurück, bog ab und versuchte es erneut. Aber auch über die Georg-Wilhelm-Straße war es nicht mehr möglich. Er stieg in die Bremsen.

„Wo kommt denn das ganze Wasser her, verflixt noch mal?", rief er und schlug empört aufs Lenkrad.

„Mensch", sagte Danner, der jetzt nervös wurde, „wenn der Kanal überläuft und das Wasser schon über die Deiche schwappt, dann kommen wir nicht mehr zum Krankenhaus. Das liegt garantiert schon in einem See. Das können wir vergessen."

„Vielleicht geht's mit Anlauf", murmelte Mattei, der gar nicht richtig zugehört hatte. „Ich weiß ja nicht, wie tief …"

„Bist du verrückt!", brüllte Danner ihn an. „Das Wasser hat Strömung, Mensch! Das zieht uns weg. Und dann gute Nacht, liebe Großmutter."

Zur Bestätigung seiner Worte rollte jetzt wie aus dem Nichts eine hohe Woge heran und klatschte mit ziemlicher Wucht seitlich gegen den Streifenwagen, der leicht angehoben wurde.

„Fahr weg hier!", schrie Danner.

Klaus lachte leise vor sich hin: „Ihr Udels seid wohl nicht von der Hafenpolizei."

Mattei wendete erneut und gab Gas.

Die Georg-Wilhelm-Straße war nach Norden hin noch frei bis auf die üblichen tiefen Pfützen. Immer wenn die Räder des Ford Taunus in eine hineingerieten, rauschte es, als wäre man im Freibad unter einer kalten Brause. Jedenfalls war das Matteis Assoziation.

„Rüber über die Elbe und ins Hafenkrankenhaus", sagte Danner grimmig. „Dort lassen wir uns verarzten. Da sind wir weit weg von dieser Scheißüberschwemmung."

Unter normalen Umständen wäre das sicherlich eine vernünftige Idee gewesen. Aber weder die drei Insassen des Streifenwagens noch die anderen Bewohner von Wilhelmsburg oder Hamburg ahnten, mit welcher zerstörerischen Wucht der Orkan, der jetzt auf Nordwest gedreht hatte, immer neue gigantische Wassermassen von der Nordsee in die Elbe drückte. Der Fluss, der sich im Hafengebiet wie ein Trichter verengte, hatte keine ausreichenden Abflussmöglichkeiten, die Deiche waren alt und marode und hatten sich im Laufe der letzten Tage sowieso schon mit Wasser vollgesaugt. An manchen Stellen spritzte es aus armdicken Löchern, an anderen hatte das Wasser schon tiefe Rinnen in die Deichkrone gerissen oder der Deichsockel wurde bereits unterspült.

Von der Georg-Wilhelm-Straße nach Norden zur Harburger Chaussee, die gekrönt von einem hohen Zaun am Berliner Ufer entlangführt, und dann über die Elbbrücken in die Stadt – das wäre die Route gewesen.

Als sie sich der Freihafengrenze näherten, wurde es immer nasser. Der Ernst-August-Kanal war über seine Ufer getreten und das Wasser, das vom Hafenbecken her in den schmalen Wasserlauf gedrückt wurde, brandete über die Ränder und ergoss sich in die Senken, in denen zahlreiche Hütten zu Behelfsheimen ausgebaut worden waren. Das Wasser schwappte über die Straße. Noch war sie passierbar, auch wenn es den Anschein hatte, als müsste der Ford Taunus zum Amphibienfahrzeug werden, so tief lag er bereits im Wasser.

Es wäre zu machen gewesen, wenn sie es ein klein wenig früher hierher geschafft hätten. Bevor der Deich an der Harburger Chaussee nachgab. Dann wären sie noch durchgekommen. Aber als sie die Chaussee erreichten, wurden sie Zeugen eines unglaublichen Schauspiels.

Die drei Männer starrten nach vorn, denn alle waren alarmiert wegen der schwappenden Wassermassen hinterm Deich, die der Wind peitschte.

„Das gibt's doch nicht!"

Einer sagte es, die anderen dachten es.

Mattei bremste abrupt, nachdem er gerade noch Gas gegeben hatte, um eine mit Wasser gefüllte Senke zu passieren, ohne stecken zu bleiben oder abzudriften.

„Oh, Madonna."

Vor ihnen lag die breite Straße direkt vor dem Deich, gekrönt vom Zaun des Freihafens. Und der Deich bewegte sich. Er schwamm! Er brach durch, brach aus, wölbte sich und mit ihm der hohe Zaun. Und dann wanderte die ganze Erdmasse, die Wege und Stege und Beete und Wiesen und Hütten und Häuser hätte schützen sollen, über die Straße, stürzte und ergoss sich in einem heillosen Durcheinander aus Wasser, Sand, Steinen, Erde, Metall und Holz nach unten in die Kuhle, die einige Meter unter dem Meeresspiegel lag, gut geschützt vor Wind und Wetter, wie die Bewohner der selbstgebauten Baracken sich eingebildet hatten.

Während die drei Insassen des Streifenwagens dies blitzartig und brutal in einem Moment lähmender Erkenntnis und ungläubigen Staunens realisierten, erkannten sie in der nächsten Sekunde, dass nicht nur die Menschen, die die Welt um sie herum bewohnten, sondern auch sie selbst tödlicher Gefahr ausgeliefert waren.

Denn nun kam eine riesige Flutwelle direkt auf sie zu, eine Wasserwand walzte heran, wie man sie sich nicht schlimmer hätte vorstellen können, erfasste den Streifenwagen, hob ihn hoch, wirbelte ihn um die eigene Achse und trug ihn mit sich fort, zurück über die Straße, auf der sie eben noch mit Gummireifen auf Asphalt gefahren waren und die sich nun in einen tosenden Strom verwandelt hatte, auf der das Auto wie eine billige Blechkiste hin und her geworfen wurde.

Dreckige Wassermassen schleuderten alles durcheinander, was sie finden konnten, Balken, Bohlen, Platten, Straßenschilder, Laternenmasten, zerfetzte Zaunteile, zerrten ganze Mauerstücke mit sich, rissen tiefe Kuhlen in den Erdboden und zermalmten Gartenhäuschen und Wohnbaracken, egal, ob sie aus Holz oder Stein gebaut waren. Und von dieser Flutwelle, die beständig Nachschub an Wassermassen und noch mehr Druck bekam, weil sich das übervolle, unter gigantischem Druck und heftigster Spannung stehende Hafenbecken und das Flussbett der Elbe Erleichterung verschaffen mussten, wurde der Ford Taunus davongetragen.

Der Orkan, eben noch eine „Wetterlage" und eine „ungewöhnliche Situation", hatte sich, angetrieben von einem Sturmtief, dem irgendein Meteorologe den Spitznahmen „Vincinette", die Siegreiche, gegeben hatte, in ein mörderisches Monster verwandelt, das alles unter sich begrub und zerstörte, was ihm in die Quere kam.

Die drei Insassen des Ford Taunus hielten sich verbissen fest, um nicht mit Kopf, Rumpf oder Gliedmaßen gegen harte, scharfe oder spitze Kanten zu stoßen, gegen Türen, Seitenscheiben, Windschutzscheiben oder die Decke geschleudert zu werden. Sie stießen gegeneinander und merkten es nicht. Keiner schrie, keiner sagte etwas. Es wäre auch gar nicht zu hören gewesen in dem tosenden und brausenden Tohuwabohu, durch das sie rauschten wie durch einen Wildbach, der neben Schlamm und Schutt, Ästen und Baumstämmen sogar Menschen in einem Automobil mit sich fortriss.

Ein Schatten bewegte sich über das Fallreep nach unten zum Kai und kam ihnen entgegen. Ein Mann in schweren Stiefeln, Arbeitshosen, Kabanjacke und Strickmütze. Er trug einen Vollbart.

Die Männer begrüßten sich mit knappen Gesten. Der Matrose hatte ebenfalls eine Stablampe bei sich. Er führte die beiden zum nahegelegenen Schuppen und blieb vor einer Stahltür mit großem Vorhängeschloss stehen. Er holte einen Schlüssel aus der Hosentasche. Rinke schüttelte den Kopf. Er nahm den Rucksack herunter, öffnete ihn und zog einen Vorschlaghammer heraus. Der Matrose zuckte mit den Schultern. Rinke holte aus und zertrümmerte das Schloss mit einem geübten Hieb. Warum einen Verbündeten belasten, wenn es auch anders geht? Der Lärm ging im Heulen des Orkans unter.

Der Matrose führte die Männer in eine dunkle Halle. Rinke ließ den Lichtkegel seiner Lampe durch den Raum schweifen. Rechts stapelten sich Säcke, links Kisten und Kartons. Säcke und Kisten waren beschriftet, aber Rinke konnte die Zeichen nicht entziffern. War ja auch vollkommen egal, was sich darin befand. Es roch nach einer Mischung aus altem Stroh, frischem Holz und rostigem Metall. Der Matrose ging weiter, Rinkes Lichtkegel folgte ihm. In einer Nische zwischen Säcken und Kartons standen einige Kisten, die wirkten, als seien sie vergessen worden oder übrig geblieben.

„Ihr habt Zeit bis um fünf. Dann kommen die Arbeiter", sagte der Matrose auf Englisch.

„Wir sind früher fertig", versicherte Rinke, der sich schon daran machte, den Brenner aus dem Rucksack zu holen.

„Gut."

„Was ist mit dem Steuermann?"

Der Matrose grinste. „Der schläft garantiert viel länger. Rum mit Schuss. Unser Schiffsarzt schwört auf Tinctura Opii."

„Wer ist denn der Schiffsarzt?", fragte Rinke misstrauisch.

„Ich. Hab mal ein bisschen Medizin studiert. Dann kam der Bürgerkrieg dazwischen."

„Na schön."

Sie verabschiedeten sich und der Matrose ging.

Piet hob umständlich die Gasflasche aus seinem Rucksack.

Als die Tür hinter dem Matrosen zugefallen war, fragte Piet: „Und was hat er davon?"

„Dass er uns hilft? Er möchte gern, dass das, was da drin ist, nicht länger dem gehört, der es reingetan hat."

„Sonst nichts?

„Sonst nichts."

„Kommt mir komisch vor."

„Es ist eine Rachaktion."

„Ach so."

Rinke reichte Piet ein Stemmeisen. „Mach die Kiste auf. Das ganze Holz muss ab. Kannst du da drüben in die Ecke schmeißen. Soll ja nicht abbrennen."

Piet machte sich an die Arbeit und löste ein Brett nach dem anderen.

Rinke setzte das Schweißgerät zusammen, schloss die Kabel an die Gasflaschen und testete die Flamme. Sie war so blau wie der Himmel in der Karibik.

Piet steckte die Stablampe zwischen zwei Säcken fest, damit sie die Nische ausleuchtete, und rackerte sich ab. Die Nägel waren verdammt lang. Hinter den Brettern kam der Bode-Panzer-Tresor zum Vorschein. Er war arg zerkratzt, hier und da blätterte die schwarze Farbe ab. In der Mitte wurde der Drehknopf für das Kombinationsschloss sichtbar.

Rinke schaute sich den Schrank genau an, nickte vor sich hin und setzte die Schutzbrille auf. Er deutete auf den Drehknopf: „Früher hätte ich es erst auf die sanfte Tour probiert. Aber wir haben wenig Zeit. Daher ..." Die Flamme des Schweißgeräts zischte und näherte sich der Wand aus Stahl und Beton.

Rinke hielt inne. „Steh nicht da wie ein Ölgötze", sagte er. „Geh rum, pass auf, dass keiner kommt."

„Und wenn einer kommt?"

„Ist alles erlaubt, bis auf tödliche Wirkung. Schau mal in meinem Rucksack, da ist noch was."

Piet holte einen Ledersack mit Handschlaufe hervor und wog ihn in der Hand. „Ein Totschläger?"

„Ach was, da ist bloß Sand drin."

Piet befühlte das Leder. „Glaub ich nicht."

„Geh und pass auf! Ich hab zu tun."

Piet schaute sich fragend um.

„Draußen!"

Die Flamme war jetzt weiß, traf auf den schwarzen Stahl und fraß sich ganz langsam hinein, Funken sprühten.

Piet stopfte den Totschläger in die Hosentasche, ging zur Tür, stemmte sie auf und trat seufzend hinaus in den

Sturm. Das Wasser der Elbe brandete gegen die Kaimauer, schäumte über den Rand hinweg und ergoss sich über das Ufer. Es war, als wäre man direkt am Meer. Der Wind war so stark, dass Piet Angst bekam, er könnte weggeweht werden.

Er lief ganz dich am Schuppen entlang und hielt die Augen offen. Vom Hafen her konnte eigentlich keine Gefahr kommen. Das einzige Schiff in unmittelbarer Nähe war die *Tameio*, sonst war das Hafenbecken leer. Zoll oder Hafenpolizei würden sich hüten, mit einem ihrer kleinen Boote den Kai anzusteuern, dann würden sie Gefahr laufen, mit der Mauer zu kollidieren.

Piet lief um die Ecke auf die Windschattenseite des Schuppens. Hier gefiel es ihm besser. Es war beinahe heimelig in diesem ruhigen Winkel, wo das Tosen abgedämpft und der Regen von der Schuppenwand abgehalten wurde. Er bemerkte eine blaue Tonne mit schwarzem Deckel und rüttelte daran. Sie war ziemlich schwer. Er warf sie um und rollte sie gegen die Wand, setzte sich darauf und behielt die Umgebung im Auge.

Er war müde. Das ständige Brausen des Sturms und das Angehen gegen Wind und Regen hatten ihn erschöpft. Er fühlte sich leicht benommen. Die wenigen Lichter in der Dunkelheit schienen sich ständig zu bewegen, zu flimmern, ihren Standort zu wechseln. Wie, wenn man in den Himmel schaut und denkt, die Sterne da oben bewegen sich.

Er schloss die Augen und fragte sich, was das alles hier eigentlich sollte. Warum tat er das? Weil er Geld brauchte natürlich. Das war immer und überall die einzige Antwort auf alle Fragen in Bezug auf sein Tun: Geld. Wenn man keins hat, konzentriert sich alles darauf, alle Leidenschaft fixiert sich auf Geld. Gar nicht mal auf die realen Scheine und Münzen. Die nimmt man in die Hand, wenn man sie hat oder kriegen kann. Aber das Eigentliche, das was das Geld ausmachte, war nichts Reales, sondern die Idee von etwas. Nur von was? Freiheit bestimmt nicht, denn die kann man nicht mit Geld erlangen, weil Geld ein Mittel zur Sklaverei ist. Man will es, obwohl es einem schadet, aber man will es mit ganzer Kraft und Sehnsucht! Warum denn bloß? Weil du sonst nicht leben kannst, Dummkopf! Ach, wirklich? Ist es bloß ein Zweck zum Leben wie ein Stück Brot, ein Glas Wasser oder eine Kartoffel? Glaubst du doch selbst nicht. Es ist etwas anderes. Etwas Grundlegendes und gleichzeitig Flüchtiges. Etwas Festes und Fließendes. Eine Substanz aus Gedanken. Ein Wert, der nur ausgedacht ist. Aber alle glauben daran. Es ist ein Glaube. Eine Religion. Mit Priestern, das sind die Bankiers. Und Gläubigen, das sind wir alle. Und Feinden wie Rinke, der sich mit einem Brennschneider in der Hand und bösem, bösem Willen daran vergeht. Aber böse ist es ohnehin, und deshalb hat es keinen Gott, weil es nur Böses bewirkt: Habgier, Streit, Gewalt, Krieg, Sklaverei. Genau, es ist teuflisch. Es ist etwas, das alle haben wollen. Alle sind süchtig danach. Ich auch. Ich bete es an. Ich bin ein Teufelsanbeter. Wie alle. Ich bin wie alle. Ich bin gar nicht anders, auch wenn ich mich so fühle. Wir sind alle bloß Habgier. Und wenn wir es nicht wären, müssten wir sterben, denn es geht nicht ohne. Leider nicht.

Etwas klatschte und platschte. Schritte auf feuchtem Untergrund. Ein Schatten näherte sich. Massig und träge. Ein großer Mensch im Regenmantel. Umrisse eines Südwesters. Kam zügig näher. Gebeugt, stemmte sich gegen den Wind. Etwas leuchtete an seiner Seite. Der Lichtschein hob sich, bewegte sich von links nach rechts, weiter nach vorn, heftete sich als diffuser heller Kreis an die Mauer des Schuppens und kroch darüber. Bewegte sich auf Piet zu. Der sprang auf, stellte blitzschnell das Fass wieder aufrecht hin und hockte sich dahinter. Der Lichtkegel huschte über ihn hinweg, kam zurück, kroch weiter, kam zurück, verharrte, wurde greller. Die Schritte auf dem matschigen Boden wurden schneller, näherten sich.

„He da!", rief die Stimme des Zollbeamten. „He!"

Piet blieb, wo er war, regungslos.

„He! Rauskommen! Ich seh Sie doch. Was machen Sie da?"

Der Lichtkegel kroch suchend um Piet herum.

„He da! Keine Bewegung."

Was denn nun?, dachte Piet. Bewegen oder nicht bewegen?

„Achtung!", rief der Zollbeamte. „Ich bin bewaffnet."

Ich auch, dachte Piet und schob die Hand in die Hosentasche.

„Kommen Sie raus!"

Sch-sch.

„Na los doch. Ich seh dich!"

Duzt du mich jetzt? Die platschenden Schritte waren schon dicht vor ihm. Blieben stehen.

„Los, rauskommen!"

Die Tonne lag im grellen Licht der Stablampe. Piet dahinter im Schatten. Jetzt bloß nicht in den Lichtschein starren, dann bist du blind.

Piet tastete nach einem Stein. Warf ihn nach rechts. Irgendetwas schepperte. Der Lichtkegel rutschte zur Seite, suchte nach der Ursache des Geräuschs. Piet schnellte nach vorn, hob den Totschläger, holte damit aus, streckte die linke Hand vor, um den Mann an der Kehle zu packen und ihm einen satten Schlag gegen die Schläfe zu versetzen. Der Zollbeamte brach seufzend zusammen. Piet stolperte und fiel über ihn. Die Lampe landete im Matsch.

Der Kerl stank nach Kohl und ranzigem Speck. Piet griff nach der Lampe, schaltete sie aus und steckte sie in seinen Gürtel. Dann zerrte er den Bewusstlosen an der Schuppenwand entlang bis zum Tor. Eine Höllenarbeit, aber hier lag er im Schatten und war kaum zu erkennen.

Piet ging in den Schuppen und suchte im Licht der Stablampe nach Seilen, fand welche und verschnürte den Beamten. Dann schleppte er ihn rein und legte ihn zwischen die Säcke. Der Kerl atmete schnaufend. In der Tasche des Mannes fand er ein Taschentuch, das er als Knebel benutzen konnte.

Als er fertig war, ging er durch den Schuppen zu Rinke. Der Schweißbrenner hatte bereits einen tiefen, gezackten Bogen in die Stahlwand gefressen.

„Dreh noch eine Runde. Wenn du zurückkommst, bin ich fertig. Halbe Stunde noch."

Piet wollte ihm von dem Zöllner erzählen, aber Rinke hörte nur auf das Zischen seines Schneidbrenners. Funken sprühten. Hoffentlich geht das hier nicht alles in Flammen auf, dachte Piet.

Und was wenn?

Er drehte noch eine Runde. Fand die Stablampe des Zollbeamten und nahm sie mit.

„Das Wasser steigt immer höher, der Frachter kippt bald auf den Kai", sagte Piet, als er zurückkam, aber Rinke wollte nichts hören. Er hob kurz die linke Hand im Schutzhandschuh, krümmte die Finger bis auf einen und signalisierte: „Achtung!"

Die Flamme erlosch. Rinke legte den Schweißbrenner beiseite, drehte die Gasflaschen zu, zog die Brille ab. In der Tür des Safes zeichnete sich ein Rechteck ab. Rinke stand da und schaute es eine ganze Weile an. Piet hielt Maulaffen feil.

„Sieht gut aus, oder?"

Piet zuckte mit den Schultern.

Rinke schaute sich suchend um, griff nach dem Stemmeisen und setzte es an. Schabend, quietschend und knirschend schob sich die eine Ecke des Rechtecks millimeterweise nach vorn. Rinke stöhnte, schob das Eisen ein kleines Stück weiter rein, nutzte die Hebelwirkung und schon stürzte das schwere Teil mit lautem Poltern zu Boden und blieb rauchend dort liegen. Aus dem freigelegten Rechteck stiegen dünne graue Schwaden auf.

„Wieso bist du nicht draußen?", fragte er, ohne den Blick von der Öffnung zu wenden.

„Ich hab den Wachmann k. o. geschlagen", sagte Piet.

Rinke drehte sich zu ihm um, sein Gesicht glänzte, Schweißperlen standen auf seiner Stirn. Er warf seinem

Assistenten einen vorwurfsvollen Blick zu. „Den Wachmann?"

„Den Zollbeamten. Der kam rüber. Jetzt liegt er da drüben. Hab ihn gefesselt."

„Na schön." Rinke streckte beide Hände aus, griff in die Öffnung und rüttelte daran. „Ein echter Oldtimer", sagte er. „Mein Alter hätte den bloß angeguckt, da wäre er schon aufgegangen." Er rüttelte ein bisschen mehr, zog und stemmte einen Fuß dagegen. Mit einem metallischen Knarren ging die schwere Tresortür ganz langsam auf.

Keine Goldbarren.

„Hm", machte Rinke.

„Was ist?"

„Wenn das jetzt …" Rinke beugte sich vor. „Das … puh …" Er zog die Handschuhe aus und wischte sich über die Stirn. Über seine rechte Schläfe rollten zwei Schweißtropfen nach unten, blieben am Kinn hängen. „Gottverdammt." Er griff in den Tresor.

„Was denn?"

„Säcke. Wieso sind da Säcke drin?"

„Säcke?"

„Hör auf, den Papagei zu spielen!"

Rinke holte nacheinander vier Säcke aus dem Innenraum des Tresors, kopfschüttelnd, und stellte sie neben sich auf den Boden.

„Lampe näher!", kommandierte er.

Piet schaltete die Lampe des Zöllners ein und beleuchtete die vier Säcke. Sie waren aus fleckigem weißen Leinen und hatten jeweils ein Volumen von zwanzig bis fünfundzwanzig Litern. Sie wurden mit einem Draht verschlossen, der mehrmals um den Stoff gewickelt worden war. Auf den Stoff war das schwarze Kreuz der Wehrmacht gedruckt, mit Lorbeerkranz, auf dem der Reichsadler thronte. Darunter der Schriftzug: „H. Vpfl." und die Jahreszahl „1943".

Rinke hob sie nacheinander prüfend hoch. Sie waren recht schwer. Er kramte eine Zange aus seinem Rucksack und schnitt den Draht des einen Sacks durch. Er zog den Sack auf, holte tief Luft und schaute hinein. Hörte nicht auf reinzuschauen, war wie erstarrt.

„Scheiße."

Piet starrte ihn verunsichert an. „Was ist los?", hätte er gerne gefragt, verbiss es sich aber.

Rinke hob eine Hand, als wollte er in den Sack hineinfassen, ließ sie dann aber wieder sinken.

„Mannomann!" Er war blass geworden.

Piet trat neben ihn.

„Zum Kotzen!", murmelte Rinke.

Piet versuchte einen Blick in den Sack zu werfen. Etwas glänzte darin.

„Die ganze gottverdammte, beschissene Vergangenheit, man wird sie nicht los", schimpfte Rinke vor sich hin. Er bemerkte Piets neugierigen Blick und zog die Sacköffnung weiter auf.

„Ist doch Gold", stellte der Junge fest. „Aber keine Barren."

„Nee."

„Was ist das? Schmuck?"

Rinke lachte hämisch, hob den Sack an, kippte ihn zur Seite und ließ ein bisschen was von dem Inhalt auf den Boden rieseln.

„Was sagst du dazu?", fragte er provozierend.

„Ist doch … Gold … oder?"

„Klar, Zahngold."

„Ist das schlecht?"

„Schlecht für die, denen es weggenommen wurde."

„Kapier ich nicht."

Rinke deutete angewidert auf das Kreuz mit dem Adler auf dem Sack. „Wehrmacht, 1943, Zahngold ... dazu fällt dir nichts ein?"

„Was weiß ich. Haben die Soldaten ihre Goldzähne abgeben müssen?"

Rinke lachte laut auf. „Abgeben? Bekommen! Vielleicht nicht unbedingt die Soldaten, vielleicht eher SS oder SA, vielleicht aber auch die Wehrmacht. Im Osten ..."

Piet starrte ihn verständnislos an.

„Na, den Juden haben sie das Zahngold ausgebrochen und es gesammelt! In den KZs! Systematisch! Nie davon gehört?"

Piet hob die Schultern. „Ich weiß nicht ..."

Rinke starrte das Zahngold an, als würde er sich davor ekeln. Es waren auch ganze Zähne darunter.

Verbissen machte Rinke sich daran, auch die anderen Säcke zu öffnen, um hineinzuschauen. Überall das Gleiche. Kiloweise Zahngold. Er hockte sich hin, dachte nach.

„Also alles umsonst?", fragte Piet nach einer Weile ungeduldig.

„Nein, alles scheiße." Die Frage ist, ob Dimitrios mich auslacht oder mir an die Gurgel geht, wenn ich ihm damit komme, dachte Rinke.

Das gedämpfte Tosen des Orkans drang durch die Wände des Schuppens.

„Das Wasser steigt", sagte Piet nach einer Weile. „Wenn es weiter steigt, kriegen wir kalte Füße." Er hatte eigentlich „nasse Füße" sagen wollen.

Rinke warf ihm einen ironischen Blick zu. „Haben wir schon." Er begann, die Säcke wieder zu verschließen. Den Draht hatte er so zerschnitten, dass er noch lang genug dafür war. Als er fertig war, stellte er Piet zwei Säcke hin und sich die beiden anderen. „Wir nehmen sie mit." Es klang fast so, als würde er dabei seufzen.

Sie verstauten das Gold in ihren Rucksäcken. Auf Piets fragenden Blick hin sagte Rinke: „Brenner und Flaschen bleiben hier. Den Rest nehmen wir mit."

Sie schnallten sich die Rucksäcke auf den Rücken und gingen los. Im Vorraum stand das Wasser bereits zwei Zentimeter hoch, es floss unter der Tür durch. Der bewusstlose Zollbeamte lag mit den Beinen in einer Pfütze. Sie schleppten ihn in die Halle und legten ihn auf ein paar Säcke, hoch genug, damit das Hochwasser ihn nicht erreichen würde – nach ihren vagen Berechnungen.

Dann stapften sie über die nasse Brachfläche hinter dem Schuppen und die Bahngleise zum Ausgang. Im Moment regnete es nicht, aber der Wind war so stark, dass sie trotz der Gewichte auf ihrem Rücken immer wieder ins Taumeln gerieten.

Das Tor im Zaun war verschlossen.

„Hast du dem Kerl vom Zoll die Schlüssel abgenommen?", schrie Rinke über das Tosen des Sturms.

Piet schüttelte den Kopf.

„Eiserne Regel: Wenn du einen k. o. schlägst, nimmst du ihm die Schlüssel ab. Auch wenn du alle Schlösser geknackt hast, können sie auf dem Rückweg wieder verschlossen sein." Das schrie Rinke ihm ins Gesicht, aber Piet verstand nur Bruchstücke davon.

„Soll ich noch mal zurück?", fragte er.

„Nee." Rinke schüttelte den Kopf, setzte den Rucksack ab, nahm den Vorschlaghammer heraus, holte aus und zertrümmerte das Schloss im Zauntor mit einem gezielten Hieb. Packte wieder alles ein, dann ging es weiter.

Piet trottete hinter ihm her. Der Orkan sprang sie an wie ein tollwütiges Ungeheuer.

Zuerst konnten sie die Brücke, über die sie auf die Insel gekommen waren, gar nicht mehr finden. Das lag nicht an der Dunkelheit, sondern daran, dass sie mittlerweile überschwemmt worden war. Nur das Geländer ragte noch aus den Fluten. Sie beeilten sich hinüberzukommen. Das Wasser schwappte über ihre Stiefelränder, klatschte gegen die Hosenbeine.

Sie trabten über den Deich. Es war nicht mehr weit. Da vorne musste gleich der Lieferwagen auftauchen. Sie würden einsteigen und wegfahren und dieses ganze wüste Durcheinander hinter sich lassen, diesen gottverdammten Wind und das Wasser, das überall hochschwappte, überschwappte, Furchen in die Deichkrone riss oder Löcher in die Deichwand bohrte. Das Ausmaß des Zerstörungswerks, das hier im Gange war, konnten die beiden Männer weder sehen noch begreifen. Auch war ihnen nicht klar, dass sie auf ganz unsicherem, schwankendem, durchtränktem, schwammigem Boden liefen und jeden Moment einbrechen und von den Schlammmassen fortgeschwemmt werden konnten. Sie hielten sich am Grenzzaun zum Freihafen fest, hangelten sich weiter, wenn eine jähe Böe sie erfasste. Und erreichten schließlich die Stelle, an der sie den Lieferwagen abgestellt hatten.

War es überhaupt die richtige Stelle? Was war mit dem Zaun passiert? Der hing offenbar über einem Abgrund.

Nein, kein Abgrund, ein reißender Strom. Der Deich war gebrochen. Der Hanomag war verschwunden. Verbogene Überreste des Zauns hingen in der Luft, darunter toste ein Wasserfall über die ausgewaschene Deichkante.

Hier ging es nicht weiter.

17

Betty zog sich um, machte sich reisefertig. Das grün karierte Kleid, die Nylonstrümpfe, dunkelgrüner Pulli und passende Strickjacke, das gelbe Halstuch. Die schwarzen Handschuhe, der graue Regenmantel und der dicke Schal lagen auf dem Bett. Die flachen Schuhe zum Laufen, die Pumps in den Koffer. Darin befanden sich schon ihre Wäsche und die wenigen Wertsachen – Wecker, die Halskette, der Armreif, die ordentlich zusammengerollte Drahtschlinge und natürlich der Sack mit den Goldmünzen. Alles war gut verstaut und der Koffer nur so schwer, dass sie ihn gut tragen konnte. Schlicht und elegant zu erscheinen, obwohl man nichts besaß, war eine Kunst, die Betty dank jahrelanger Übung perfekt beherrschte.

Sie klappte den Koffer zu und trug ihn ins Wohnzimmer, wo sie ihn auf den Tisch stellte.

Das Wasser ergoss sich in den Flur, floss weiter ins Wohnzimmer und sickerte zwischen den Holzbohlen nach unten ins Grab von Herrn Heinrich. Na, der wird sich freuen! Dieser schmutzige alte Mann mit dem Hang zur Katzenwäsche hat Wasser verabscheut, und nun lag er in einer unterirdischen Badewanne. Armer Heinrich!

Einer Eingebung folgend, ging sie in den Flur. Da standen die schweren hohen Gummistiefel von Herrn Heinrich. Sie trug sie ins Wohnzimmer und stellte sie neben den Koffer.

Es gluckste und gluckerte überall, draußen im Garten und hier im Haus. Sie hörte auch, wie das Wasser gegen die Hauswand schwappte. Manchmal rumpelte es, als würde etwas Schweres irgendwo gegenprallen. Was war denn da draußen los?

Sie ging ans Fenster, schob die beiden Flügel auf und schon drang das fließende Rauschen und plätschernde Schwappen des Wassers herein. Eine schwarze, schwach glänzende Fläche breitete sich vor ihr aus. Land unter im Garten! Na, sowas. Aber wo kam denn das ganze Wasser her? Sag nicht, dass ein Deich gebrochen ist, das passt mir jetzt aber gar nicht, liebes Schicksal!

Über den Geräuschen dieses stetig fließenden breiten Stroms – denn es war ein breiter Strom, kein Bach oder Flüsschen mehr! – waren noch andere Töne zu hören: das Gackern von Hühnern in Käfigen, das panische Trampeln der Kaninchen in ihren Ställen, das erstickte Jaulen und Fiepen von Hunden. Drüben bei den Kwiatkowskis schrie das Schwein und weit entfernt war auch das traurige Blöken einer Kuh zu hören. Eine Sinfonie des Untergangs, gespielt von ertrinkendem Vieh. Und das war erst die Ouvertüre, denn da kam ja immer mehr Wasser herein!

Man hörte auch Menschen, vereinzelte Schreie, aber es waren tatsächlich die Tiere, die dafür sorgten, dass es in dieser Nacht lebendig zuging beim Sterben.

Der Wind drückte die Fensterflügel zu. Vereinzelte Regentropfen sprühten ihr ins Gesicht. Betty schloss das Fenster gewissenhaft, auch wenn sie nicht daran dachte, dass das Wasser wirklich so hoch steigen könnte. Es wurde allerdings lästig, denn es stand nun im Wohnzimmer bereits knöchelhoch. Na, großartig!

Das alles passte ihr nicht ins Konzept. Sie hatte sich eigentlich ein wenig ausruhen wollen bis zum Morgengrauen, um dann mit den Menschen, die irgendwohin zur Arbeit trotteten, mitzugehen, zur Straßenbahn und dann hopp über die Elbbrücken und hinein in den Moloch Großstadt, der sie gastfreundlich aufnehmen würde und wo sie in der Masse Mensch untertauchen konnte. Und ein bisschen Spaß haben, tanzen, schlemmen, trinken, feiern, ins Kino gehen und sich die Männer vom Leib halten. Was auch amüsant sein konnte, weil diese dummen Kerle sich mitunter benahmen wie Kröten, die, auf ihren fetten Hintern sitzend, quakten und glaubten, irgendjemand würde das für Wohlklang halten. Dann würde sie auf einen günstigen Moment warten, um den Trottel, den sie sich ausgesucht hatte, zu erniedrigen. Ha!

Hör auf zu träumen, Betty, du bekommst gerade nasse Füße! Schnapp dir deinen Koffer und vergiss nicht den Sack mit dem Gold , liebe Prinzessin! Und überlasse dein Rumpelstilzchen, das in der Erde versunken ist, sich selbst. Der ist sowieso schon zweimal gestorben, erstickt und ersoffen, der braucht dich nicht mehr.

Sie stellte einen Stuhl vor den Tisch, einen zweiten auf den Tisch und stieg hinauf. Da oben konnte sie sitzen. Sie stieg wieder herunter. Hob noch einen zweiten Stuhl auf den Tisch, dann konnte sie sogar die Füße hochlegen. Sie hatte schon in unbequemeren Situationen geschlafen. Sie kletterte hoch, setzte sich hin. Aber ehrlich gesagt: Das war keine gute Position.

Wie hoch würde das Wasser wohl steigen? Sie hatte ja keine Ahnung, warum es überhaupt stieg, woher es kam. War ein Deich gebrochen? Wie viel Wasser gab es in der

Elbe? Wie hoch konnte es steigen? Wohin würde es abfließen? Wann war es wieder weg? Oder würde es bleiben? Einfach so wie eine Sintflut? Würde es dann heißen: Hamburg ist kleiner geworden, Gott hat es so gewollt? Ein neuer See hat sich gebildet, der Hamburger Hafen hat ein neues Hafenbecken bekommen. Das konnte bedeuten, dass sie hier überhaupt nicht mehr wegkam. Und das gefiel ihr gar nicht.

Sie zog die Schuhe aus und streifte die Nylonstrümpfe von ihren schlanken Beinen. Die würden in den Gummistiefeln nur kaputt gehen. Missmutig stellte sie fest, dass zu viele dunkle Haare auf dem Schienbein sprossen, und zögerte kurz. Dann packte sie Schuhe und Strümpfe in ihren Koffer.

Überall diese Drecksbrühe.

Das Licht flackerte. Das fehlte noch, dass das Licht ausging und sie bei steigendem Pegel im Zimmer von Herrn Heinrich mit dessen Leiche unter dem Fußboden festsaß, hoch oben auf einem Stuhl auf dem Tisch.

Das Wasser strömte immer weiter herein. Was ist, wenn es weiter steigt? Schwimmt dann der Tisch wie ein Floß? Mumpitz! Du bist zu schwer, Mädel! Vielleicht steigt es auch bis zur Decke.

Ja, das könnte sein.

Es stieg.

Schwappte jetzt über die Tischkante.

Stieg weiter.

Da nützen dir die Gummistiefel nicht mehr viel! Auch der Regenmantel stört nur. Betty stand auf und stieß mit dem Kopf gegen die Decke. Gebückt krempelte sie sich den Rock hoch.

Das Licht ging aus.

Sie stieg vom Tisch herunter auf den Stuhl und spürte die eisige Brühe, die über ihre Knöchel schwappte. Sie griff nach dem Koffer. Die Zeit wird knapp.

Durch den Flur. Zur Tür. Da das Wasser aus der anderen Richtung kam, drückte es nicht gegen die Tür. Betty stemmte sich mit aller Kraft dagegen, und es gelang ihr, sie aufzuschieben. Ein Wasserschwall brach herein. Draußen stand es ihr bis zum Bauchnabel. Strömte, drückte, drängte, warf sich in unregelmäßigen Abständen gegen sie wie eine Meeresbrandung, versuchte, ihr die Füße wegzuziehen, sie vom Grund zu heben, sie hinunterzuziehen, sie umzuwerfen.

Betty klammerte sich an die kahlen, stacheligen Äste der Hecke, die den Weg säumte, der vom Deich hierherführte. Von hier aus musste sie sich irgendwie weiterhangeln. Aber der Koffer störte. Sie hielt ihn in der linken Hand, er war längst untergetaucht und dreimal so schwer wie gerade eben noch. Und das Wasser zerrte daran, wollte ihr das wenige Hab und Gut wegreißen und den Sack mit den Münzen noch dazu.

Sie erreichte einen Zaun, drückte sich mit dem Rücken dagegen, hob den Koffer an, legte ihn auf den Zaun, öffnete den Deckel, wollte wenigstens den Sack mit den Münzen behalten, ihn an sich binden, mit der Drahtschlinge ... Eine Welle schwappt über sie, reißt ihr den Koffer aus der Hand und weg ist er. In der einen Hand hält sie den Goldsack, in der anderen den Draht. Sie bindet sich den Sack unter dem Mantel vor den Bauch und hangelt sich weiter. Klammert sich an dem stacheligen Zaun fest, deren rostige Dornen in ihre Finger und Handballen eindringen und Haut und Fleisch zerreißen. Sie spürt es nicht. Kommt unendlich langsam voran. Verliert immer wieder den Boden unter den Füßen, klammert sich irgendwo fest, egal, was es ist. Keucht und stöhnt, heult und kreischt, aber der Sturm heult und kreischt viel lauter. Schwimmende Trümmer schießen an ihr vorbei, ein Brett knallt gegen ihren Kopf, eine tote Katze wird ihr ins Gesicht geschleudert. Sie achtet nicht darauf, kämpft sich vorwärts, den Blick starr auf den Deich gerichtet, der vor ihr als schwarze Wand aufragt mit einer Treppe, die nach oben führt. Eine Treppe mit Geländer! Die Treppe, die sie schon hundertmal hinauf- und hinuntergestiegen ist.

Ein krachender Donnerschlag, vermischt mit metallischem Knirschen und grellem Quietschen, bricht über sie herein. Ein riesiges Objekt wird von einer sich aufbäumenden Welle hochgeschleudert und gegen den Deich geworfen, direkt neben das Geländer, an das sie sich gerade mit letzter Kraft klammert. Benommen schaut sie sich den riesigen Kasten an, der sie beinahe zermalmt hätte. Nur ein halber Meter hat gefehlt, dann wäre sie nicht mehr.

Ein Streifenwagen. Ford Taunus. Die Scheinwerfer leuchten noch diffus, die Fahrertür steht offen, eine Hintertür ist abgerissen. Der Platz am Steuer ist leer, auf dem Beifahrersitz hockt der Polizist, dem sie das Messer übers Gesicht gezogen hat. Auf seiner Wange klebt eine Mullbinde. Sein Hals ist abgeknickt, er starrt ins Leere. Er ist bewusstlos oder tot. Aber das ist nicht meine Schuld!, schießt es Betty durch den Kopf.

Auf dem Rücksitz liegt der Halbstarke aus der „Deichhütte". Noch einer, dem sie das Messer über die Wange gezogen hat. Klaus. „Man trifft sich immer zweimal", hatte Herr Heinrich gern getönt. Na, das ging ja schnell. Das Pflaster auf der Wunde von Klaus hat sich halb abgelöst. Er glotzt sie aus weit aufgerissenen Augen an. Seine Lippen formen lautlos das Wort: „Hilf..." Aber sie erkennt, dass da nichts mehr zu helfen ist, in seiner Brust klafft ein tiefes Loch. Er würgt blutigen Schaum, erzittert und schließt die Augen.

Ein Wasserwirbel bildet sich und zerrt Betty in die entgegengesetzte Richtung. Ihre eiskalten Finger rutschen vom Geländer ab. Sie stemmt sich gegen die Motorhaube des Ford Taunus, schafft es, wieder Halt zu finden, zieht sich zur Treppe und steigt nach oben auf den Deich.

Der Sturm fällt über sie her wie mit Stockhieben und Knüppelschlägen, als wollte er sie dafür bestrafen, dass sie es bis hierher geschafft hat. Sie duckt sich, krümmt sich, sucht Schutz in sich selbst, so wie früher.

Der Streifenwagen bekommt einen Stoß, bäumt sich auf und treibt davon. Die Motorhaube versinkt. Nur ein Teil des hinteren Dachs ist noch zu sehen und entfernt sich langsam.

Betty hockt da, am ganzen Körper zitternd und bebend, und glaubt, einer Halluzination zum Opfer zu fallen: Vor ihr löst sich alles auf, die Welt verliert Kontur und Substanz, der Grund bröckelt weg, der Deich wird zu Schlamm, sackt ganz langsam ein und verschwindet, als würde er aufgesaugt. Die Deichwand reißt auf, fällt zusammen, verflüssigt sich, vereinigt sich mit den Wassermassen, die alles gierig umschlingen und vereinnahmen.

Betty springt auf, als ein Riss in der Böschung wie eine riesige Laufmasche auf sie zueilt, gefolgt von einem Wasserstrom.

Der Sprung und eine besonders wilde Orkanböe tragen sie über den Deichrand hinweg ins schwarze Nichts.

Gold ist manchmal auch zu etwas nützlich. Es ist schwer. Mit ein paar Kilo Gold auf dem Buckel hast du mehr Bodenhaftung, liegt dein Schwerpunkt niedriger, besitzt du mehr Gewicht in der Welt. Da mag der Wind noch so sehr an dir zerren, der Regen noch so heftig peitschen, du stehst mit beiden Füßen fest auf dem Grund. Breitbeinig wie ein Seemann, den nichts erschüttern kann. Glaubst du. Aber auch nur ein paar knappe Sekunden. Dann fühlst du dich wie ein Seemann, dem die morschen Planken unter den Füßen wegbrechen, der den Halt verliert, weil sein Schiff sich auflöst. Nur ist das hier noch viel schlimmer, denn der Boden löst sich auf, der Untergrund, die ganze Welt. Da ist nicht mehr viel übrig, keine Festigkeit, keine Zuverlässigkeit, die Wirklichkeit zerfällt.

Rinke merkt, wie unter ihm alles ins Rutschen gerät, wie er in der schlammigen Masse versinkt, die sich offenbar vorgenommen hat, ihn mit sich zu reißen, ihn zu begraben, ihn ganz einfach verschwinden zu lassen. Wenn sich die drei Elemente Wasser, Erde und Luft gegen dich verschworen haben, bleibt nur noch eins, das du dir zunutze machen kannst: das Feuer. Die Energie, die in dir brennt, deine Lebenskraft. Der Funke Leben, so heißt es, kann wahre Wunder bewirken, wenn Wille und Verzweiflung ein Bündnis eingehen, um das Individuum zu retten, obwohl sie bis eben noch scheinbar schwach vor sich hin flackerten. Jetzt facht der Überlebenswille das zarte

Flämmchen an, das aufbrennt, als würde eine Brandbombe explodieren.

Rinke gelingt es, die Füße aus dem in Fluss geratenen Morast zu reißen, die Muskeln anzuspannen und zu springen. Nach vorn, auf den umgekippten Drahtzaun. Stacheldraht reißt Rinkes Hosenbein auf und kratzt tiefe Risse in seine Haut, aber das merkt er gar nicht. Er krallt sich an dem Maschendraht fest und freut sich erneut über das Gewicht des Goldes, das auf seinem Rücken lastet und ihn nach unten drückt. So kann man es aushalten, festgekrallt auf einem Bett aus Draht, während unter dir und neben dir und über dich hinweg das Wasser rauscht.

„Lou! Lou! He! Lou!"

Der Junge. Was ist mit dem? Wo ist er? Was macht der denn?

Rinke gelingt es irgendwie, sich auf die Seite zu drehen und trotzdem nicht den Halt zu verlieren. Der Draht schneidet ins kalte Fleisch seiner Finger. Man denkt an seinen Kumpel, man rettet ihn, er hat einen Rucksack mit Gold auf den Schultern, er ist es wert.

Aber Piet steckt bis zu den Hüften im Dreck. Zum Glück an einer Stelle, an der die Erdmassen sich noch nicht gänzlich verflüssigt und in Bewegung gesetzt haben. Er hängt fest. Die Welt hat sich in Treibsand verwandelt, aber der Bengel steckt fest. Das nennt man Glück im Unglück oder auch Schwein gehabt. Er sieht aus wie ein Schwein, ist von oben bis unten mit Schlamm besudelt. Neger, Neger, Schornsteinfeger, so sieht sein Gesicht aus. Aber er kann noch mit den Armen fuchteln und um Hilfe schreien.

Was tun? Rinke ertappt sich bei dem Gedanken, dass er kurz überschlägt, wie viel das Gold in Piets Rucksack wohl wert ist. Wie viel Anteil hat er ihm versprochen? Was bleibt dann für ihn selbst übrig?

Das sind keine bewusst gehegten Gedanken, sondern Gedankenfetzen, die in Lichtgeschwindigkeit durch die Nervenbahnen seines Gehirns rasen. Und völlig überflüssig, denn er hat ja auch so was wie ein Herz. Und das sendet einen Impuls: Rette ihn, gib dir einen Ruck, rette das Gold.

Mit einem Ruck allein ist es nicht getan. Rinke kriecht Zentimeter um Zentimeter über den von den drei feindseligen Elementen umtobten Maschendraht ganz langsam auf Piet zu, der sich nach vorne beugt und reckt, die Arme ausstreckt und sich ganz lang macht, um die rettende Hand zu erreichen, die sich ihm jetzt nähert – in einer Zeitlupe, die Albert Einsteins Relativitätstheorie bewiesen hätte, wenn jemand sich die Mühe gemacht hätte, wahrgenommene und tatsächlich verflossene Zeitmenge zu vergleichen.

Aber das ist ja egal. Ihre Fingerkuppen berühren sich bereits. Sie strecken und dehnen ihre Körper. Und vielleicht bleibt die Zeit sogar stehen, weil es manchmal gar nicht anders geht, weil zu viele Dinge auf einmal geschehen und daher Verzögerungen im Ablauf eintreten. Vielleicht stockt die Welt, vielleicht auch nur die Wahrnehmung von ihr. Dann geht's weiter.

Rinke packt Piets Hand, dreht den eigenen Körper um dreißig Grad, stemmt die Stiefelabsätze in den Maschendraht und zieht den Jungen Millimeter für Millimeter aus dem Morast und dann über den Dreck hinweg zu sich herüber auf das rettende Floß aus Draht, das inzwischen über einem leeren Abgrund schwebt, als wäre es das Netz von Zirkusartisten.

Der Deich unterhalb des Zauns ist verschwunden. Der Zaun selbst wird von Pfosten gehalten, die dort, wo der Deich noch nicht weggebrochen ist, in der Erde stecken. Alles nur eine Frage der Zeit.

Sie kriechen über den Maschendraht, wo er flach liegt, hangeln sich entlang, wo er schräg in der Luft hängt, klettern auf festem Grund, wo er aufrecht steht, halten sich fest, weil der Wind nicht damit einverstanden ist, dass sie sich retten. Und gehen hustend, keuchend und gelegentlich heisere Schreie bellend weiter an der Freihafengrenze entlang des Berliner Ufers, über das, was vom Deich übrig geblieben ist. Die Wellen branden vom Spreehafen heran. Alles nur eine Frage der Zeit …

Die Bogenlampen der Harburger Chaussee beleuchten die gespenstische Szene, tauchen das merkwürdige Geschehen in größeren Abständen in kaltes, gleißendes Licht. Unbarmherzig, teilnahmslos … noch. Sie hangeln sich weiter, immer weiter. Es ist verflucht anstrengend. Und auch eigenartig, da sie ja gar nicht wissen, wohin sie sich hangeln. Vorn ist nicht viel zu sehen. Nach hinten schauen sie lieber nicht, da sich dort die Substanz der Wirklichkeit aufgelöst hat. Ein guter Grund, immer weiter nach vorn zu fliehen, in der Hoffnung, dass der Zaun hält und der feste Boden unter ihren Füßen erhalten bleibt.

Alles eine Illusion, denn nichts bleibt erhalten in dieser Nacht, nicht in Wilhelmsburg, wo alle Gewissheiten von einer Naturgewalt namens Vincinette zerstört werden.

In dem Augenblick, als Rinke erkennt, dass unterhalb des Deichs eine Straße verläuft – eine richtige, breite, asphaltierte Straße mit Trambahngleisen, noch dazu im Windschatten, also eine geradezu ideale Möglichkeit zur Fortbewegung, der perfekte Fluchtweg, fort von möglichen staatlichen Häschern und unterhalb der Einflusssphäre der Naturgewalten, die er schützend abhält –, genau in diesem Augenblick setzt sich der Deich in Bewegung. Beginnt zu wandern. Schiebt sich mit beängstigender Selbstverständlichkeit über die Harburger Chaussee und blockiert sie. Ein herannahendes Automobil muss abbremsen. Das Licht der Scheinwerfer streift orientierungslos über die Erdmasse, die sich aus der Verankerung löst und landeinwärts rutscht.

Aber auch wenn sie sich wölbt und streckt und zieht, ist diese Erdmasse doch nicht unendlich dehnbar, denn sie hat sich mit Wasser vollgesaugt, wurde unterspült, durchlöchert, aufgelöst.

Der Deich bricht, zerbröselt, sackt weg und wird fortgeschwemmt von den Wassermassen, die sich Bahn brechen, um den bis zur Oberkante gefüllten Spreehafen zu entlasten. Erde, Wasser und Wind erfassen die Lichtmasten, knicken sie um, begraben sie unter sich, das gleißende Leuchten erlischt. Das vierte Element kann den anderen nicht trotzen. Die Chaussee verdunkelt sich.

Rinke und Piet werden von den dreckigen Fluten erfasst und fortgezogen. Jetzt ist es endgültig aus mit ihnen. Sie werden umgerissen, mitgerissen, umhergewirbelt, untergetaucht, hochgeworfen, zirkulieren in der Strömung wie Treibgut, das sie ja tatsächlich sind. Rudern mit den Armen, fuchteln mit den Händen, strampeln mit den Beinen, paddeln mit den Füßen, schnappen nach Luft, schlucken die Drecksbrühe, spucken sie aus, drohen zu ertrinken.

Robinson in der Südsee hatte es leichter. Dies hier ist wahrhaft mörderisch. Die wild gewordene Drecksbrühe ist eiskalt, verdammt.

Und trotzdem werden sie beide von den Wellen angeschwemmt, jeder an seine eigene einsame Insel. Piet bleibt irgendwo im Gestrüpp eines Strauchs mit spitzen Zweigen hängen, die seine Jacke und Hose durchstechen, als wollten sie ihn aufspießen. Er grabscht danach, krallt sich fest, ertastet einen dickeren Ast, klammert sich daran, geht unter, taucht wieder auf, hangelt sich weiter, die borkige Rinde reißt seine Haut auf. Nun stößt er gegen einen Baumstamm, der vor ihm aufragt, paddelt um ihn herum, kann einen Ast fassen, zieht sich hoch und klettert hinauf.

Andere sind schon da, haben den Baum als Rettungsort okkupiert und flüchten nun vor ihm hoch hinauf in die Krone oder huschen ans Ende dünner Zweige, um ihm zu entgehen. Von dort beäugen sie ihn wachsam. Sie haben keine Angst, sie sind nur vorsichtig. Ratten. Der Baum ist voller Ratten. Und nun hängt auch noch ein Mensch in seinem Geäst.

Rinke prallt einige Meter weiter gegen eine Bretterwand und wird dann gegen einen Stapel Holzscheite gedrückt, die ein begabter Mensch vor der Holzwand fest übereinandergeschichtet und mit einem Fischernetz fixiert hat, notdürftig, aber immerhin fest genug, sodass die Flut sie noch nicht mit sich fortgetragen hat. Die Holzwand gehört zu einer Baracke, in der ein kinderloses Ehepaar in mittleren Jahren gelebt hat, das Hand in Hand in den Wassermassen ertrank, als diese die eine Wand des provisorischen Wohnhauses wegrissen, die Räume im Erdgeschoss ausspülten und alles mit sich trugen, was nicht niet- und nagelfest war, und das war nichts. Das Ehepaar stand schon auf dem Tisch und wollte zum Fenster und hoch aufs Dach, aber dieser Gedanke war ihnen zu spät gekommen. Nun waren sie weg.

Rinke quält sich wie eine übergewichtige Robbe auf den Holzstapel, rutscht ständig weg, gleitet immer wieder aus, klammert sich an der Dachrinne fest, zieht sich hoch. Und obwohl die Rinne abbricht und er beinahe nach unten gefallen wäre, zurück in die elende Drecksbrühe, schafft er es, sich hochzustemmen, hinaufzuziehen, den Oberkörper aufs Dach zu schieben, erst das rechte, dann das linke, das lahmere Bein, und dann in die Mitte zu krabbeln wie ein erschöpftes Tier. Dort bricht er zusammen und bleibt liegen.

Die Rufe seines Partners, den die Anwesenheit der Ratten idiotischerweise in größere Angst versetzt als das unaufhaltsame Ansteigen des Wasserpegels, kann er nicht hören.

Gold rostet nicht, dachte Piet. Und dann: Wieso kommt mir jetzt, gerade jetzt, so ein idiotischer Gedanke? Jeder weiß, dass Gold nicht rostet, es ist ein Edelmetall, alle wissen das und verschwenden keinen Gedanken daran. Deshalb wird es ja auch zu Zahngold verarbeitet. Und ist teuer. Und begehrt. Von Leuten, die andere Leute umbringen und das Zahngold für sich behalten. Wie viele Leute muss man umbringen, um zwei Säcke mit Zahngold zusammenzubekommen? Wie viel Schuld lädt man sich auf den Rücken, wenn man dieses Zahngold mit sich herumschleppt? Es verscherbeln will? Niedere Beweggründe, oder? Das wirkt sich strafverschärfend aus. So eine Scheiße!

Das Wasser schwappte gegen seine Waden. Es stieg immer noch. Die Erkenntnis war wie ein Schock: Es stieg und stieg und hörte nicht auf, würde ihm bald bis zum Hals stehen und noch weiter steigen. In einem Anfall rasender Panik versuchte er, höher zu kommen. Es gelang ihm aber nicht, er rutschte ab in seiner blinden Hast und drohte, den Halt zu verlieren, nach unten zu fallen, in den schwarzen Wellen zu versinken, für immer.

Er schrie. Schrie um Hilfe. Brüllte wie am Spieß. Aber wer bitte sollte ihn hören, ihm helfen? Wo war Lou? Wo war die Welt geblieben, die bis vor Kurzem noch so fest gefügt gewesen war? Die Welt, die drei Dimensionen und vor allem einen festen Boden gehabt hatte, auf dem man stehen konnte. Wo war die Wirklichkeit geblieben, auf die er sich immer verlassen hatte? Durch die man sich irgendwie durchlavieren konnte, weil man ihre Gesetze kannte. Und mit einem Mal war alles außer Kraft gesetzt?

Wieder schrie er. Es klang erbärmlich, verhallte in der kalten, schwarzen Dunkelheit.

Sei ruhig, Piet, es hat keinen Zweck. Bleib ruhig, schließ die Augen, tu nichts, warte ab. Atme tief durch. Hör nicht auf dein Herz. Hör auf gar nichts. Lass dich nicht irritieren. Vielleicht bist du schon tot oder stehst kurz davor abzukratzen, dann kannst du es auch nicht mehr ändern. Bleib einfach ruhig. Beruhige dich! Beruhige dich. Ja, genau, gleichmäßig atmen. Schon besser. Und jetzt befassen wir uns mit dem, was unmittelbar vor uns liegt.

Er öffnete die Augen. Es war nichts weiter da als er und der Baum. Befassen wir uns also damit. Unten ist das Wasser, oben ist es nicht, also geht's nach oben.

Piet kletterte ein Stück weiter nach oben, aber dort wurden die Äste dünner. Ratten konnten sich problemlos an ihnen festklammern, ein Mensch jedoch nicht, der war zu schwer. Interessant, oder? Wenn es mal drauf ankommt, haben die Ratten bessere Überlebenschancen als die Menschen. Was hat sich die Vorsehung dabei gedacht?

Er hörte Schreie, etwas weiter entfernt. Auch ersticktes Quieken, das nicht von den Ratten stammte, sondern von anderen Nagetieren, die in Ställen hinter Gittern saßen und in ihrer Zelle ersaufen mussten. Hunde bellten und jaulten erbärmlich. Diese Geräusche drangen dumpf und diffus zu ihm, leise, traurig. Vielleicht lag es auch daran, dass ihm Wasser in die Ohren gedrungen war.

Auch sein eigenes Rufen klang dumpf und kraftlos, verlor sich im Rauschen. Ja, stimmt, das Rauschen und Tosen ist daran schuld, dass alles so unwirklich klingt. Wie in einem Traum. Aber in einem Traum frierst du nicht so erbärmlich. Und bibberst nicht auch noch vor Angst. Und Ekel. Es ist so eklig, weniger wert zu sein als eine Ratte. Man müsste ein Vogel sein, dann wäre man mehr wert. Dann würde man der Vorsehung dafür danken, dass sie einem Flügel gegeben hat.

Piet schaute auf. Es waren keine Vögel zu sehen. Wie auch, mitten in der Nacht, bei diesem Sturm? Flügel hin oder her, vielleicht waren sie ja auch alle ertrunken. Menschen ersaufen, weil ihnen das Wasser über den Kopf steigt, Vögel, weil ihnen der Sturm das Gefieder zerfetzt. Alle Zwei- und Vierbeiner mussten dran glauben. Nur die Ratten nicht. Die hockten da oben im Geäst und warteten geduldig ab. Piet konnte nicht warten. Das Wasser kroch ihm schon über die Kniekehlen. Als er nach oben schaute, bemerkte er die Drähte. Parallele Linien hoben sich vor dem blassen Schein einer Laterne ab. Ein paar davon hingen in den Ästen. Ein paar Masten waren umgekippt, die Fluten hatten sie erfasst, umgestoßen, manche ein Stück weit abgetrieben. Aber sie hingen noch an den Drähten, und diese Drähte führten hinüber zu den Gebäuden, die man von hier aus als Umrisse erahnen konnte. Hohe Bauten, niedrige Bauten, dunkle eckige Löcher. Das könnten Fenster sein, nur das Licht dahinter fehlte.

Der Wasserstrom schwappte jetzt gegen seine Oberschenkel. Die Ratten kletterten noch ein Stück höher. Eine erreichte die Stromleitung, krabbelte mit ihren dünnen Beinen und winzigen Füßen auf eins der Kabel, blieb oben sitzen wie ein Vogel. Wieso bekommen Vögel keinen Stromschlag, wenn sie auf einer Leitung sitzen? Weil kein Spannungsunterschied vorhanden ist, wenn man nur auf einem Kabel sitzt. Wenn die Leitung mit dem Baum verbunden ist und der Ratte nichts passiert, führt sie keinen Strom. Dann ist sie eine Rettungsleine.

Piet stieg höher. Äste knackten, Zweige brachen unter seinen Füßen weg. Er krallte sich fest, wo er konnte, zog sich hoch. Die Ratte sah ihn kommen. Sie wartete ab. Piet arbeitete sich Zentimeter um Zentimeter hinauf. Er griff nach einer Leitung. Die Ratte lief davon. Voller Panik rannte sie wie ein Seiltänzer die Stromleitung entlang, verschwand in der stürmischen Nacht. Vielleicht ist sie ja doch heruntergefallen, so geschickt können diese Biester doch gar nicht sein, oder? Aber jetzt folgten ihr andere, knüpften an die Erfolgsgeschichte der Pionierratte an, kletterten auf die Leitung, hangelten sich dem rettenden Ufer entgegen.

Genauso macht es Piet jetzt auch. Zur Sicherheit packt er mehrere Kabel und hangelt sich voran. Aber sein Gewicht zieht ihn nach unten und wieder landen seine Füße im Wasser. Das ist Mahnung genug. Er entwickelt übermenschliche Kräfte und schafft es bis zu der Stelle, an der ein Mast schräg über einem Garagendach hängt. Über das Dach schwappen ab und zu hohe Wellen, aber es liegt leicht erhöht, ist noch nicht vollständig überschwemmt. Die Garage gehört zu dem Rohbau, den er aus der Ferne gesehen hat. Drei Stockwerke wurden bereits errichtet. Allerdings nur das Betonskelett, es fehlt noch einiges, bis man diese Konstruktion ein Haus nennen kann. Dahinter sind andere Gebäude bereits fertiggestellt, hohe Häuser mit fünf oder sechs Stockwerken. Dies hier ist noch eine halbe Sache. Zwischen allen Gebäuden: Wasser, Wasser, Wasser.

Ein paar Ratten, die schneller sind als er, zeigen ihm den Weg, klettern über ein Baugerüst nach oben in den zweiten Stock, denn im ersten gurgelt schon das Wasser. Piet greift nach dem Gestänge des Baugerüsts und will nach oben klettern. Da hört er jemanden um Hilfe rufen.

Es ist die Stimme einer Frau. Der Wind trägt sie zu ihm. Aber wo genau die Schreie herstammen, ist nicht herauszubekommen. Dieser tückische Wind verfremdet jede Wahrnehmung. Mal kommt die Stimme von vorn, mal von rechts oder links. In einem Moment scheint die Schreiende ganz nah zu sein, im nächsten weit entfernt. Oder sind das die unartikulierten Laute eines Tiers? Und ist es nicht ohnehin egal? Muss es dir nicht egal sein, was einer anderen passiert?

Piet klettert über das Gerüst nach oben und merkt dabei, wie wenig Kraft ihm noch geblieben ist. Kein Gefühl in den Händen, sie sind taub. Arme wie aus Gummi, ohne Halt. Beine, die nachgeben, wegknicken. Mit letzter Kraft und einer geradezu übermenschlichen Anstrengung gelingt es ihm, sich über die Leiter auf die nächste Ebene des Gerüsts zu hangeln. Bis zu der Fensteröffnung, durch die der Sturmwind weht und die ihm den Weg freigibt zu einer leeren Etage, einer freien Betonfläche, einer Art von Nichts, die ihm wahrhaft einladend vorkommt, so ganz ohne Wasser.

Er fällt über einen niedrigen Mauervorsprung ins Gebäude und bleibt erschöpft liegen. Das rasende, hämmernde Pochen in seiner schmerzenden Brust will nicht nachlassen. Das Hecheln und Schluchzen auch nicht. Es ist ihm egal, ob irgendwo irgendjemand schreit. Soll diese Person doch glücklich sein darüber, dass sie es noch kann! Er kann nur noch hecheln. Und es fühlt sich an, als wäre auch dieses Hecheln gleich vorbei, weil nämlich jeden Moment dieser pochende Schmerz sein Herz zersprengt, seine Brust explodieren lässt und dann alles aus ist.

Endlich.

Oder auch nicht.

Das Hecheln und Schluchzen geht in leises Wimmern über. Langgezogene Klagetöne, langgezogene Klagetöne, langgezogene Klagetöne …

Man hört sich selbst nicht, wenn man stirbt.

Aber er hört sich.

Noch.

Spiel noch einmal für mich, Habanero, denn ich hör so gern dein Lied ... Wer kennt der Schatten Macht ... der Sterne Gunst und Neid?

Hilfe.

Wer kennt der Tage Last, die Du getragen hast?

Hilfe!

... des Chicos Not und Leid?

He! *Chico*! Hilfe!

Ich bin ja taub, denkt Rinke, hör nur noch innere Stimmen. Vor allem eine sanfte Stimme. Die eines Engels. Ein schwarzer Engel. Für mich kann's nur schwarze Engel geben.

Der Schatten Macht.

Es ist vorbei. Und wenn schon. Er kann sich nicht mehr bewegen. Totale Erschöpfung. Man sagt auch: dem Schicksal ergeben. Er hat sich ergeben. Kapituliert.

Um ihn herum rauscht und braust es, zischt und saust es, brodelt und dröhnt es. Na und? Man gibt auf und scheißt drauf. Egal.

Die Stimme des Engels nähert sich. Die Stimme holt mich ab, denkt Rinke. Auch schön. Zu dieser Stimme gehört bestimmt ein hübsches Engelsgesicht. Und das hab ich mir verdient, verdammt. Bitte um Entschuldigung für das Verdammt.

Aber jetzt flucht der Engel auch mit seiner schönen Stimme: He, *Chico*, du Mistkerl, verdammt! Hilfe, rette mich!

Eine akustische Halluzination. Falls es so etwas gibt.

Aber die Stimme kommt ihm doch bekannt vor. Die gehört nicht zu einem schwarzen Engel, der dich abholen will, die gehört zu einer brünetten Schönheit, die dich ... was auch immer.

Wiege noch einmal deine Hüften, *Habanera*, und hab mich lieb.

„He, *Chico*! Hilf mir!"

Auf einmal ist Rinke hellwach. Wie elektrisiert, reißt er die Augen auf. Wo kommt diese Energie her, war da eine Kraftreserve irgendwo in seinem Körper versteckt? Könnte sein. So ist der Mensch doch gemacht, dass er in einer ausweglosen Situation vor einer unmöglichen Herausforderung steht und das Unmögliche wagt. Sei realistisch, rette deinen Traum.

Rinke robbt an den Rand des Barackendachs. Schwarz glitzernd wogt das Wasser, unaufhörlich schnalzen die Peitschenhiebe des Orkans über die schäumende Masse. Und da ist ein Gesicht. Ein helles Oval.

Eine ausgestreckte Hand. Die andere umklammert einen Eisenhaken neben dem Holzstapel. Die Scheite sind deutlich weniger geworden. Das Netz ist gerissen. Die Fluten schwemmen sie weg.

Da liegt sie nun. Die Schönheit aus der „Deichhütte". Die Tänzerin. Die Verführerin. Die Verlorengeglaubte. Hat er überhaupt noch an sie gedacht, seit er sie ohne ein Wort des Abschieds verlassen hat? Nein, hat er nicht. Aber jetzt, wo sie sich da unten an die Barackenwand klammert, nass wie eine halb ertränkte Katze, schön wie ein gefallener Engel, mit weit aufgerissenen Augen, die verheißungsvoll aufleuchten und um Gnade betteln. In diesem Moment weiß er, dass sie sein Schicksal ist. Und er das ihre.

Also beugt er sich weit über den Rand des Dachs nach unten, streckt die Hand aus, rutscht noch etwas weiter nach vorn, gerade so weit, dass er ein Abgleiten verhindern kann, hakt die Fußspitzen irgendwo ein, keine Ahnung wo, vielleicht hat die Dachpappe eine Wölbung oder einen Riss, jedenfalls kann er sich daran festhalten. Er berührt ihre Fingerspitzen, streckt sich, seine Handfläche schiebt sich über ihren eiskalten nassen Handrücken. Sie stöhnt, ihr Blick ist der einer Verzweifelten, die ahnt, dass diese letzte Anstrengung vergebens ist, jetzt gleich vergebens sein wird.

„*Chico* ..."

Ihre Hände umschließen sich. Rinke ist überrascht über den eisernen Griff, der sie nun miteinander verbindet. Bis in alle Ewigkeit womöglich.

Die Holzscheite brechen weg, werden fortgeschwemmt. Beinahe reißt die tückische Woge sie mit. Aber er lässt nicht los. Lässt nicht locker. Er hat die Frau seines Lebens gefunden, das weiß er jetzt, dessen ist er sich gewiss.

Einen Moment lang schlingert ihr Körper in den Fluten wie elastisches Treibgut, dann hebt er sie hoch, zieht sie heran, streckt die zweite Hand aus und zerrt nun mit aller Kraft an ihrem Arm. Es tut weh, das sieht er ihr an. Schon hat er Angst, er könnte ihr den Arm ausreißen, so viel Kraft muss er aufwenden, um sie hochzuhieven, aus den Fluten zu ziehen, so brutal muss er sein, unbarmherzig, um sie aus der Umschlingung dieser bösen, zerstörerischen Sintflut zu retten, in der sie zu versinken droht.

„Ah!" Ein gutturaler Laut, ein Schmerzensschrei. Er zieht sie über den Rand des Dachs, die Regenrinne knirscht, knickt und bricht ab. Sie strampelt verzweifelt mit den Beinen. Seine Muskeln sind zum Zerreißen gespannt, sein Rücken knackt. Es ist egal, und wenn er dabei kaputtgeht, er will sie haben, hier haben, retten. Und das tut er auch.

Mit einem letzten Ruck zerrt er ihren Oberkörper auf die Teerpappe. Dabei wird etwas Haut an ihrer Wange aufgerieben. Es blutet ein wenig. Also doch kein Engel, Engel bluten nicht, oder? Er rutscht eine Stück zurück, kniet sich hin, beugt sich vor, packt ihre Beine und mit einer letzten Anstrengung gelingt es ihm, sie wie einen nassen Sack auf das Dach zu schleudern, wo sie keuchend liegen bleibt.

Beide ächzen und stöhnen. Totale Erschöpfung. Sie hat die Augen geschlossen. Er hockt sich neben sie. Will nicht riskieren, dass ein schicksalhafter Windstoß oder eine hinterlistige Flutwelle sie davonträgt. Wäre er in der Lage einzuordnen, abzuwägen, einzuschätzen, würde er wahrscheinlich auf den Gedanken kommen, dass er soeben die größte Heldentat seines Lebens vollbracht hat. Er hat einen Menschen gerettet. Eine Frau. Die Tänzerin.

Als sie die Augen aufschlägt, fragt er: „Wie heißt du?"

„Betty."

Es gibt nicht mehr zu sagen in diesem irren Tohuwabohu. Sie befinden sich auf einem flachen Dach, schutzlos dem Orkan ausgeliefert. Sie sind durchnässt. Unendlich erschöpft. Sie bleibt liegen, regt sich nicht. Er hockt neben ihr. Seltsamerweise spüren sie nichts von der eisigen Februarkälte. Adrenalin ist eine Wunderdroge. Sie zittern, aber nicht weil sie frieren, sondern weil eine Energie in ihnen pulsiert, die in den Menschen nur ganz selten aufflackert, nur in den extremsten Momenten: absoluter, unbezwingbarer Überlebenswille. Rinke ist überrascht, wie gut es ihm gerade geht. Eine irrsinnige Euphorie hat von ihm Besitz ergriffen. In diesem Moment ist er „der Siegreiche", und Vincinette hat ihren Feldzug gegen ihn verloren. Aber das ist übertrieben. Er hat nur ein Gefecht zu seinen Gunsten entschieden. Die Schlacht geht weiter.

Betty regt sich, rappelt sich auf. Er bemerkt einen Leinensack, den sie sich mit einem Draht um die Hüften gebunden hat. Der Inhalt scheint ein deutliches Gewicht zu haben. Das erinnert ihn an das Gewicht, das er auf dem Rücken trägt, er hat es völlig vergessen. Er tastet mit den Händen nach dem Rucksack. Er ist noch da.

„He, *Chico*", sagt Betty, „schau dir das an." Sie deutet zum Rand des Dachs. „Das Wasser kommt."

Die erste Welle ergießt sich über die Teerpappe. Und die Wucht der anbrandenden Wogen lässt das Haus erzittern. Die Wassermassen werfen sich gegen die Holzwände. Rollen immer wieder unbarmherzig heran, und da der Baracke bereits eine Wand fehlt, gerät sie bedrohlich ins Wanken und Schwanken. Droht aus der schwachen Verankerung zu reißen und fortzutreiben. Ein Rettungsfloß ist das nicht. Diese morsche Bude wird in Nullkommanichts auseinanderfallen.

„Wir müssen hier weg", sagt Rinke.

Sie schauen sich um. Nur schwarze, tobende Wassermassen. Sonst nichts.

Piet hört jetzt wieder andere Stimmen. Die Welt, die sich für eine Weile ganz allein auf ihn reduziert hatte, ist wieder von anderen Menschen bevölkert. Die Flut, die ihn beinahe verschluckt hätte, bedrängt auch andere. Und diese anderen schreien um Hilfe. Ganz eindeutig sind das Hilfeschreie.

Ich bin zu schwach, um jemanden zu retten, denkt Piet, es hat keinen Zweck, nach mir zu rufen, gar keinen, ich bin nicht da. Ich bin nicht für euch da, nur noch für mich.

Aber es gibt Leute, die wollen einfach nicht locker lassen. Leute, die dich in eine unmögliche Situation bringen und dann auch noch Ansprüche stellen. Die gerettet werden wollen. Von dir, ausgerechnet, dabei bist du doch selbst nur noch willenloses Treibgut. Doch tatsächlich lassen manche einfach nicht locker, geben keine Ruhe. Dabei ist Ruhe das, wonach Piet sich am meisten sehnt.

„Piet! He, Piet! Piet! He! Bist du da irgendwo? He! Hallo! Hilfe! Piet! Piet, Piet, Piet!"

Es ist zum Verrücktwerden, denkt Piet, ich will nicht. Lass mich doch. Ich kann nicht. Kann nicht schreien, kann nicht aufstehen, kann nicht denken.

„Piet!"

Ich will nicht.

„Piet! Hilfe!"

Eigenartigerweise sind es zwei Stimmen, die ihn da rufen. Die eine gehört eindeutig zu Lou, diesem Idioten, der ihn in diesen Schlamassel hineingezogen hat, in diese Sintflut, in dieses Ende der Welt. Aber er schreit nicht allein. Eine andere Stimme schreit mit und ruft ebenfalls seinen Namen. Wer bitte, soll denn das jetzt sein? Wer bitte will denn noch von ihm gerettet werden? Eine eigenartige Neugier, die scheinbar tief im Menschen verwurzelt ist, bringt Piet dazu, sich aufzurichten und umzusehen. Er späht in die Dunkelheit, über die dunklen Fluten hinweg, die diesen Rohbau, seine Rettungsinsel, umringen, belagern. Sich gegen die Mauern werfen wie Angreifer, denen ihr bisheriges Zerstörungswerk nicht genug ist. Das Garagendach liegt bereits unter Wasser.

„Piet!"

Diffuses Licht von weit entfernten Lampen schimmert auf den dunklen Wogen. Hier und da ragt ein Schatten, ein Schemen, eine dürre Silhouette aus der weiten Fläche, die stetig fließt, solange man sie lässt, die sich aber wild aufbäumt und schäumt und brodelt, wenn sie auf ein Hindernis trifft. Hindernisse gehören aus dem Weg geräumt. Diese Devise hat nicht etwa der Mensch erfunden, sie wohnt auch den Kräften der Natur inne. Wer sich darüber beklagt, soll sich doch wegducken, klein machen oder wie ein Kaninchen ganz still sitzen bleiben, auf die Gefahrenquelle starren und sich schnappen lassen. Von irgendeinem räuberischen Wesen, einem räuberischen Unwesen, einer Naturgewalt, einer Vincinette.

Aber sich einfach wegducken und das Kaninchen spielen, ist eben doch nicht Piets Sache. So viel Mumm hat er noch in den Knochen, dass er jetzt den dringenden Impuls verspürt, seinen Kollegen, Komplizen, Kompagnon zu retten. Denn schließlich, sehen wir den Tatsachen direkt ins Auge: Lou Rinke weiß, wo das Gold zu Geld gemacht werden kann, er kennt den Hehler. Piet wüsste nicht mal einen Zahnarzt, dem er ein Angebot machen könnte. Und wie viele Goldzähne verbraucht ein Zahnarzt pro Jahr? Und wer möchte den Goldzahn eines im Konzentrationslager ermordeten Juden im Mund tragen?

Diese abwegigen Gedanken machen vielleicht keinen Sinn, aber sie spornen Piet an, sich um die Rettung seines Kumpels zu kümmern.

Wie bitte soll das gehen?

Piet späht in die Nacht. Wo genau ist Lou denn überhaupt abgeblieben? Nichts zu sehen. Wieder sind die Schreie zu hören. Unklare Schattenrisse hier und da. Häuser, Mauern, Wände, Dächer, Bäume, Büsche, rauschende Gischt an Stellen, an denen die Wassermassen den Deich überspülen, ein Teil ihrer Wucht bricht an den Stellen, an denen er noch nicht zerborsten ist. Das da drüben, das könnten sie sein. Ja, zwei Personen, nur als winkende Schemen zu erkennen. Ein Mann und eine Frau auf einer Insel im Strom. Und wenn er das von hier aus richtig sieht, ist es keine besonders stabile Insel, auf der sie stehen und wild gestikulieren. Piet stellt sich in die Fensteröffnung. Vielleicht kann man seinen Schatten ja erkennen. Er winkt zurück. Kapieren die, was er meint? Nein? Doch. Offenbar haben sie ihn bemerkt. Aber was nun?

Pfähle, Pfosten. Die Stromleitung. Das ist die einzige Verbindung, die von dem Rohbau hinüber in die Senke führt, in der die vielen kleinen Baracken im Wasser untergehen oder zerrissen und in Einzelteilen weggeschwemmt werden.

Na schön, das ist doch immerhin etwas: dicke Kabel, die quer übers Wasser führen. Aber die beiden da drüben kommen nicht dran, denn die Stromleitung ist abgeknickt, die Verbindung zum Haus, die wahrscheinlich sowieso nur aus einer dünnen Leitung besteht, ist gekappt. Und das Hausdach dort drüben macht den Eindruck, als wolle es sich losreißen und als Floß auf die Reise gehen. Jeden Moment könnte das passieren.

Piet dreht sich um und geht systematisch das gesamte Stockwerk des Rohbaus ab. Durch alle Zimmer, soweit sie schon durch Mauern voneinander abgetrennt sind. Er findet nichts weiter als ein dickes Seil, das einem Schiffstau ähnelt. Drei Finger dick und ungefähr zehn Meter lang. Er legt es zusammen, hebt es an. Ganz schön schwer. Müsste man sich irgendwie umbinden. Geht aber nicht. Im Übrigen hat er immer noch den Rucksack auf dem Rücken. Den nimmt er jetzt ab. Sucht nach einem Versteck. Findet es im Badezimmer. Deponiert den Rucksack unter der umgedrehten Badewanne, die dort auf ihren Einbau wartet.

Anschließend hebt er das zusammengelegte Seil über den Kopf. Plötzlich kommt ihm ein Gedanke. Er nimmt es wieder herunter und bindet in das eine Ende des Seils einen dicken Knoten. Das Gleiche macht er mit dem anderen Ende. Dann nimmt er das Seil wieder über den Kopf und führt es unter dem rechten Arm hindurch. Das hält.

Nun raus aufs Gerüst und runter aufs Garagendach. Es platscht und klatscht, als er ins knietiefe Wasser eintaucht.

Nein, so wird das nichts. Er schaut nach oben zur Stromleitung. Wie soll er die von hier aus erreichen?

Er klettert auf das Baugerüst. Von dort aus könnte es gehen. Er müsste springen. Ein geradezu irrsinniges Unterfangen. Aber etwas treibt ihn an. Vielleicht so etwas wie Sympathie für den Kollegen, den er noch gar nicht lange kennt, aber irgendwie mag. Vielleicht, weil der ihn auf eine schräge Art tatsächlich ernst nimmt. Als vollwertigen Menschen behandelt. Trotz Rinkes Frotzeleien ist da eine Übereinkunft entstanden, eine Gemeinsamkeit. Und darum geht's jetzt: Das gemeinsame Vorhaben zu Ende bringen. Der Sturm und die Flut sind nur ein Hindernis, das zu diesem Zweck überwunden werden muss.

Also los. Piet springt und krallt sich in den Kabeln fest. Bleibt drin hängen. Liegt oben auf. So kommt man auch viel besser voran, als wenn man sich unten entlanghangeln muss. Er kriecht und krabbelt über die Leitungen wie eine Kakerlake, wie ein Gregor Samsa auf der Flucht. Warum hat er keine Angst, fortgeweht, in die Fluten geworfen und ertränkt zu werden, beseitigt vom gnadenlosen Schicksal? Weiß er selbst nicht, fragt er sich auch gar nicht. Er folgt einfach nur verbissen dem Impuls, seinen Kumpel zu retten. An die Frau, die dort ebenfalls ausharrt, denkt er gar nicht.

Er nähert sich dem Hausdach, bemerkt, dass eine Wand der Baracke schon weggerissen wurde, und sieht, dass sie ihm entgegenblicken. Aber was hat er vor, wie will er die Distanz zwischen Stromleitung und Hausdach überwinden? Geht das überhaupt? Klar geht das. Piet hat einen Plan.

Zielgerichtet ein Seil werfen, ist keine leichte Sache, vor allem, wenn man auf ein paar Drähten über brausenden Fluten hockt. Das Seil muss schon ein besonderes Gewicht haben. Einen dicken Knoten am Ende zum Beispiel. Die Knoten zu machen, ist eine gute Idee gewesen. Ein Knoten hat Gewicht, den kann man werfen, nachdem man das andere Seilende um den Pfahl der Leitung geschlungen hat. Zielen, werfen. Aber achte darauf, dass dein Partner bereitsteht und weiß, was du vorhast. Hat er verstanden, worauf du hinauswillst? Na klar hat er das, wir sind ein eingespieltes Team.

Lou fängt das Ende des Seils auf. Gut. Aber nun weiß er nicht, was er tun soll. Meine Güte, er kapiert es nicht! Du sollst dich nicht dran hochhangeln, Mensch! Nein!

„Ziehen, ziehen!", brüllt Piet. Seine Stimme klingt dünn und schwach in dem tosenden Sturm. Unter ihm wälzen sich gurgelnde Wassermassen.

Lou kann es nicht hören, versteht nicht. Da tritt die Frau neben ihn, nimmt ihm das Seil ab und zieht und zerrt daran. Jetzt kapiert auch Lou, was Sache ist. Den Pfeiler umlegen, die Leitungen aufs Dach ziehen, ja!

Aber, Piet hebt bittend die Hände, lasst mich erst zurückkrabbeln, sonst falle ich in dieses Dreckwasser. Lou macht eine Handbewegung, hau ab. Er hat verstanden.

Piet klettert zurück zum Rohbau und aufs Gerüst. Von dort schaut er zu, wie die beiden den Mast mithilfe des Seils zu sich ziehen. Nun müssen sie nur noch hochklettern. Rinke hilft der Frau, lässt sie auf seine Schultern klettern und von dort auf das Kabelgewirr. Da sitzt sie und schaut nach unten. Scheint ja alle Zeit der Welt zu haben. Mach doch! Los doch! Das hält nicht ewig! Wackliger geht's nicht, Leute! Schnell, schnell! Mensch, Mädchen, mach hinne!

Meine Güte, die ist ja gelähmt vor Angst. Rinke hebt drohend beide Fäuste, scheucht sie davon. Endlich hat sie's kapiert. Sie krabbelt los. Rinke wartet, bis sie ein Stück weit gekommen ist, dann klettert er ebenfalls über den schwankenden Pfosten nach oben und rutscht über die Kabel. Oh, oh, das ist eine verdammt unsichere Angelegenheit! Die Leitung ist ja kaum stabil genug, einen einzigen Menschen zu tragen.

Die Frau kommt voran. Rinke hinterher. Kaum hat er den nächsten Pfosten erreicht, verschwindet hinter ihm der Pfahl, an dem er hochgeklettert ist. Die Kabel hängen jetzt lasch herunter. Gerade noch rechtzeitig hat er die nächste Etappe erreicht. Von hier aus geht es besser. Dabei wartet er immer ab, bis die Frau den vor ihr liegenden Pfosten erreicht hat, bevor er sich auf das nächste Teilstück schwingt.

Und das alles in langsamer, zäher Zeitlupe. Wie dickflüssig und träge kann die Zeit doch ablaufen und gleichzeitig an anderer Stelle rasend schnell vergehen? Der Kakerlaken-Drahtseilakt dauert unendlich lang. Unter ihnen schwappen die Wellen und lecken an den Holzpfosten, die immer mehr in Schieflage geraten. Kurz sieht es so aus, als würde Rinke wieder nach hinten gezogen, als könnte er es nicht mehr schaffen.

Aber dann doch. Er erreicht die Garage und das Gerüst. Die Frau ist schon angekommen, hat kurz innegehalten, keuchend eingeatmet, vor Erschöpfung und Erleichterung geschrien und ist dann nach oben gekrochen. Mit letzter Kraft. Piet steht an der Fensteröffnung im zweiten Stock und packt sie. Als sie kraftlos liegen bleibt, zerrt er sie herein, schiebt sie in eine windgeschützte Ecke. Läuft zurück zum Fenster, späht nach unten.

Da nähert sich Rinke auf allen Vieren über das Garagendach, kriechend, hebt die Hand, will die erste Leitersprosse fassen, verfehlt sie und bricht kraftlos zusammen. Sein Kopf verschwindet unter Wasser.

Piet springt über die Brüstung, klettert hastig das Gerüst herunter, lässt sich aufs Garagendach fallen und zieht Rinkes Kopf aus den Fluten.

„Mensch, Lou! Verdammt! Weiter! Komm doch!"

Es gelingt ihm, den erschöpften Rinke auf die Knie zu bringen. Ihm fehlt die Kraft, ihn hochzuhieven, das muss der Kerl schon selbst schaffen. Aber er kann ihn von unten stützen und schieben.

„Los, du Arschloch, geh da hoch! Sonst ersäufst du, du Idiot!"

In einem anderen Zusammenhang hätte man darüber gelacht, wie sich dieser schmächtige Kerl damit abmüht, seinem Kumpel auf das Baugerüst zu helfen. Laurel und Hardy hätten einen tollen Slapstick daraus gemacht. Aber das hier ist bitterer Ernst, schlimmster Überlebenskampf. Gar nicht lustig. Warum schauen wir überhaupt hin und ergötzen uns daran? Das ist doch schäbig.

Jetzt sind sie oben. Piet gibt Rinke einen Stoß, sodass er hart auf dem Betonboden landet. Aber immerhin ist der halbwegs trocken.

Alle drei ringen nach Atem. Japsen nach Luft. Eine ganze Weile hören sie sich gegenseitig beim Schnaufen zu. Ächzen, husten und stöhnen. Würgen und röcheln.

Sie sind bis auf die Knochen durchnässt, alle drei. Unterkühlt. Sie spüren die Kälte, aber sie frieren nicht, wie man normalerweise frieren würde. Ihre Körper befinden sich in einer Ausnahmesituation, reagieren anders. Sie zittern, aber es ist ein kraftvolles, energiegeladenes Zittern. Angetrieben vom Drang zu überleben. Der Mensch kann Unglaubliches ertragen, wenn sein Körper die gewaltige Herausforderung annimmt. Wenn das nicht so wäre, wäre die Menschheit vielleicht längst ausgestorben, in der Eiszeit zum Beispiel.

Die Frau in ihren völlig deplatzierten Kleidern sieht aus wie eine nasse Katze, die beiden Männer eher wie Ottern. Ottern lieben das Wasser, Katzen nicht. Sie rollt sich zusammen und konzentriert sich ganz auf sich. Die Männer lassen sie in Ruhe. Was sollten sie auch tun? Eine fremde Frau kann man nicht einfach so trösten. Man lässt sie erst mal in Ruhe. Wenn sie klagt oder ganz offensichtlich Hilfe braucht, wendet man sich ihr zu. Man ist ja kein Unmensch. Und trotz allem klammheimlich von ihr fasziniert.

Rinke starrte sie eine Weile an. Fragte sich, was das wohl zu bedeuten hatte, dass diese Frau schon zum zweiten Mal seinen Weg kreuzte. Diese schöne Frau, diese extravagante Frau. Diese Ausnahmeerscheinung, deren Gegenwart sogar in dieser extremen Situation für Verwirrung in seiner Gefühlswelt sorgt. Das kann doch nicht wahr sein, dachte er, wir verrecken hier beinahe, wären fast ersoffen, und ich suche nach Zeichen von Schönheit und dem gewissen Etwas. Absurd. Zumal die dort aussieht wie, na ja: Ihr grün kariertes Kleid war nur noch ein nasser Lappen, gleiches galt für Pulli und Strickjacke, von den nackten Beinen waren nur die Knie zu sehen. Die Arme hielt sie vor dem Bauch verschränkt, als ob sie Schmerzen hätte. Nein, da war etwas. Ach ja, dieser prall gefüllte Leinensack, den er schon einmal bemerkt hatte. Was da wohl drin war? Er würde sie später danach fragen.

Apropos: Rinke starrte den Rucksack an, den er vor sich hingestellt hatte. Dann warf er Piet einen Blick zu. Der Junge lugte klammheimlich zu der Frau hinüber. Genau wie er. Rinkes Augen blitzten auf, signalisierten: Lass sie in Ruhe. Piet zuckte nur müde mit den Schultern. Was denn? Verstand nicht, was gemeint war. Er hatte gar nicht gemerkt, dass er die Frau angestarrt hatte. Wie ein siebtes Weltwunder oder so. In dieser Situation eine komische Sache. Aber seit ihrem kurzen Aufenthalt in der „Roten Katze" auf St. Pauli war er für Weibliches auf eine neue Art sensibilisiert worden. Er hatte den Eindruck gewonnen, dass Frauen, sogar die schönen, nicht unerreichbar waren. Man musste nur lernen, mit ihnen umzugehen, durfte keine Angst vor ihnen haben. Aber das waren unbestimmte, zusammenhanglose Gedankenblitze, die durch sein Gehirn spukten.

„Wo ist dein Rucksack?", fragte Rinke mit rauer, erstickter Stimme.

„Versteckt."

Rinke nickte zufrieden. „Wo?"

Piet warf einen bedeutungsvollen Blick auf die Frau, deren Augen immer noch geschlossen waren, die aber vielleicht gerade die Ohren spitzte. Sie war ein Eindringling, eine Gefahr. Ja, er fand sogar, dass sie etwas Raubtierhaftes an sich hatte. Die Ratten kamen Piet wieder in den Sinn. Mag sein, dass Lou so was wie ein Fuchs war, er selbst fühlte sich eher wie ein Hund, eine Promenadenmischung, denn die sind sehr lernwillig. Bei der Frau aber dachte man an Katze. Und Katzen, das weiß jeder, sind undurchschaubar und unberechenbar. Auch wenn sie nass sind und erschöpft und hilfsbedürftig.

Piet stand auf. „Komm mit."

Er führte Rinke in das halbfertige Badezimmer. Ein schmaler Schlauch. Die vorgesehenen Wandfliesen stapelten sich in einer Ecke. Eine Badewanne lag verkehrt herum im Raum. Piet hob sie an. Darunter stand der Rucksack. Rinke schüttelte missbilligend den Kopf.

„Was denn?", fuhr Piet ihn an.

„Da guckt doch jeder als Erstes nach."

„Jeder?"

„Ja, klar."

„Wer denn jeder?" Piet verzog das Gesicht.

„Bitte?"

„Es ist niemand da!"

„Eine ist da. Und wer weiß ..." Rinke schaute sich um, suchte offensichtlich nach einem besseren Versteck. Gleichzeitig wunderte er sich über sein Misstrauen gegenüber der Frau, die er gerade gerettet hatte.

„Meiner bleibt da drin!", rief Piet störrisch aus.

„Spinner." Rinke wandte sich achselzuckend ab, durchquerte die Betonhöhle, die in naher Zukunft ein Wohnzimmer mit Schrankwand und Polstergarnitur werden sollte, wechselte in den Nebenraum, in dem bald schon die Arbeiter eines Möbelunternehmens ein Ehebett aufstellen würden. Auch mit diesem Raum war Rinke nicht zufrieden. Er steuerte eine Nische an, die noch nicht fertig gebaut war. Eine schmale Küche sollte da eingerichtet werden, man baute Küchen jetzt schmal und eng, weil Arbeiter und Angestellte in den Kantinen essen sollten. Trotzdem musste man bestimmte Vorkehrungen treffen: Fallrohre und Leitungen brachte man am besten zwischen Küche und Badezimmer unter, in einem Schacht. Das Badezimmer war übrigens ebenso groß wie die Küche. Im Deutschland des Wirtschaftswunders legte man genauso viel Wert auf Körperpflege wie auf Bratkartoffeln.

Rinke tastete das Innere des Schachts ab. Da waren schon Halterungen für die Rohre angebracht. Rinke schnallte den Rucksack ab und hängte ihn in den Schacht.

„Hol deinen", kommandierte er.

„Nee, nee."

„Was ist denn los?"

„Meiner bleibt, wo er ist."

„Das ist ein Scheißversteck."

„Das hier ist eins."

„Da drüben? Unter der Wanne? Das soll ein gutes Versteck sein? Kommt doch jeder sofort drauf."

„Besser als das hier. Das Ding fällt vielleicht runter in den Schacht."

Rinke wurde wütend. „Jetzt hör mir mal zu …"

„Lass mich einfach."

„Das ist aber unsere gemeinsame Beute und …"

„Ist aufgeteilt. Jeder die Hälfte!"

„Wie willst du das Zeug denn losschlagen ohne mich? Du bist ja naiv, Mensch!"

„Aufgeteilt ist sicherer."

„Unsinn."

„Eben doch. Wenn jemand da reinguckt, guckt er nicht da rein." Piet deutete mit der einen Hand zum Schacht, mit der anderen in den Raum mit der Badewanne.

„Red doch keinen ..."

„Verstehst du nicht? Verteiltes Risiko."

Die Auseinandersetzung wurde keuchend geführt, eigentlich waren sie beide viel zu erschöpft für dieses Scharmützel.

Rinke sah den Jungen misstrauisch an. Das Ausmaß des Misstrauens konnte der nicht erkennen, weil es ziemlich dunkel war. Rinke war jetzt der festen Überzeugung, dass der Junge plante, ihn zu hintergehen. Dass er mit seinem Teil der Beute das Weite suchen wollte, sobald sich die Gelegenheit ergab. Vielleicht sogar mit beiden Anteilen, in einem günstigen Moment. Piet hatte Hintergedanken, davon war Rinke jetzt fest überzeugt.

Es könnte sein, dass das Misstrauen zwischen den beiden Ganoven von der Anwesenheit einer dritten Person geschürt wurde. Einfach nur, weil sie da war. Die Anwesenheit der Fremden störte das Gleichgewicht ihrer Komplizenschaft. Vor allem in dieser besonderen Situation der unfreiwilligen Gefangenschaft in einem von Wasser eingeschlossenen Betongefängnis. Zusammen mit einer Frau. Mag sein, dass das Geschlecht keine Rolle spielte, möglicherweise aber doch. Könnte ja sein, das eine gewisse Rivalität ins Spiel kam. Oder das Misstrauen entsprang nur der Tatsache, dass sich in einer Dreiergruppe gern zwei Personen gegen eine Person verbünden. Logisch wäre gewesen, wenn Rinke und Piet sich verabredeten, gegenüber der dritten Person wachsam zu sein. Aber diese dritte Person war eine Frau, und Rinke hatte mit ihr getanzt!

„Na schön, wir lassen es so", lenkte Rinke ein. Und damit machte er sich noch mal im Schacht zu schaffen, um dafür zu sorgen, dass der Rucksack von außen nicht bemerkt werden konnte.

Während die beiden sich stritten, war Betty unbemerkt aufgestanden. Sie streifte durch die kahlen Räume des Rohbaus, ging in die andere Richtung, entfernte sich von den Männern, horchte genau, wohin sie sich bewegten, wollte nicht gesehen werden bei dem, was sie nun tat.

Betty fand eine sehr dunkle Ecke und dort eine große schwere Holzkiste, aufgebockt auf vier Hohlblocksteinen. Daneben stapelten sich ein paar Säcke mit Zement und Gips und Sand. Eimer und irgendwelche Geräte lagen daneben. Was mochte in der Kiste sein? Sie war nicht abgeschlossen, aber das Vorhängeschloss klemmte, der Deckel war verzogen. Sie rüttelte daran. Es quietschte laut.

Das hatten sie bestimmt gehört. Sie band den Knoten auf und nahm den Leinensack ab, schaute sich um, sah niemanden, bückte sich und schob den Sack mit den Goldmünzen unter die Kiste. Behielt den Draht, ein Reflex, den ihre Lebenserfahrung sie gelehrt hatte. Sie war hier mit zwei Männern in einem Haus. Und Männer, das hatte sie leidvoll erfahren, nahmen ihr die Schätze weg, die sie hütete. Es sei denn, sie drehte den Spieß um. Das war Bettys schlichte, aus Not und Leid geborene Lebensweisheit: Entweder du beklaust sie oder sie beklauen dich. Es hatte nie eine andere Möglichkeit gegeben. Stehlen, lügen, betrügen oder bestohlen, belogen und betrogen werden. Töten oder getötet werden.

Sie richtete sich auf, probierte erneut an der Kiste herum. Hinter ihr knirschte es. *Chico.*

„He", sagte er, „geht's dir wieder besser?"

„Nein."

„Schmerzen?"

„Nicht schlimm. Hilf mir mal", sagte sie.

Er schaute sie komisch an, prüfend.

„Keine Sorge, ich bin gesund."

„Gesund?" Er starrte sie immer noch an. Im Halbdunkel schimmerten seine Augen misstrauisch.

„He!", sagte sie und machte eine wie zufällig anmutige Hüftbewegung.

„Was denn?"

„Hier, guck mal. Vielleicht ist was Nützliches drin."

„Eine Werkzeugkiste? Abgeschlossen?"

„Nein, aber die Lasche klemmt."

„Da ist ein Stift dazwischen."

„Ah."

„Der hängt fest."

„Kann man den vielleicht rausquetschen?"

Er lachte wegen ihrer Wortwahl. „Geh mal zur Seite."

Seine Hände waren groß und kräftig, größer als man bei einem Mann seiner Statur erwartet hätte. Er stöhnte ein bisschen, aber es gelang ihm, den Stift aus der Lasche zu drücken. Das Metallstück fiel klimpernd zu Boden.

Rinke riss die Lasche hoch und hob den Deckel an. Das Ding war schwer. Er stöhnte, spürte einen stechenden Schmerz in der Schulter. Sie kam ihm zu Hilfe. Sie lehnten den Holzdeckel gegen die Wand und schauten in die Truhe.

„Du bist ein Goldkind", sagte Rinke.

Sollte das eine Anspielung sein, weil er etwas bemerkt hatte? Betty warf ihm einen kurzen Blick zu. Es waren kein Argwohn und keine Ironie in seinem Blick. Er starrte auf das, was in der Kiste lag: Arbeitsklamotten.

„Trockene Kleider", sagte sie beinahe ehrfurchtsvoll.
„Ich sag ja, du bist ein Goldkind." Jetzt schaute er sie an, lächelte freundlich.

Der hat nichts bemerkt, dachte sie.

Sie beugte sich über die Kiste und förderte zwei Blaumänner, eine derbe helle Latzhose, einen Pullover und eine Arbeitsjacke zutage. Ein paar schmutzige Decken lagen darunter.

„Nimm die Hose da und den Pullover", sagte Rinke. „Das steht dir gut."

Sie tat es und ging in eine Ecke, um sich umzuziehen. Als sie ihm den Rücken zugewandt hatte, hörte sie, wie er einen triumphierenden Laut ausstieß: „Ha!"

Sie drehte sich um. „Was ist?"

Er hielt eine Flasche in der Hand, drehte den Verschluss auf und sagte: „Schnaps."

Sie zuckte mit den Schultern und zog sich an.

Piet kam herein. Die Arme um den Oberkörper geschlungen. Jetzt bibberte er vor Kälte.

„Hier, nimm einen Schluck." Rinke hielt ihm die Flasche unter die Nase. „Da wird dir wieder warm."

Piet trank etwas und musste husten. Rinke lachte auf. Dann warf er ihm die Klamotten ins Gesicht. „Zieh das an!"

Der spielt ja ganz schön den Macker, dachte Betty. Mal sehen, wie sich das nutzen lässt. Sie warf ihre nassen Klamotten beiseite, die würden sowieso nicht mehr trocknen. Morgen geh ich als Mann!

Erst in diesem Moment, als Rinke ihr die Flasche hinhielt, aus der er eben selbst einen großen Schluck genommen hatte, stutzte er. Jetzt erst fiel ihm nämlich auf, dass der Leinensack nicht mehr da war. Oder? Vielleicht unter der Latzhose? Die wölbte sich deutlich. Aber darunter war doch nur Luft. Ein Stück Draht ragte aus der Gesäßtasche.

Betty zog sich den Pullover bis über den Hintern.

„Hör mal, *Chico*", sagte sie mit gespieltem Ernst. „Man starrt eine Dame nicht so unverschämt an. Selbst wenn sie Schiffbruch erlitten hat."

„Hier, nimm einen Schluck." Rinke hielt ihr die Flasche hin.

Sie hustete, als sie ihm die Flasche zurückgab, und warf ihm einen Blick zu, der ihren Tadel ganz offensichtlich dementierte.

Nein, nein, nein, dachte Mattei, nein, bitte! Bitte Madonna, hilf! *„Santa Maria, madre di Dio …"*, betete er. Er war menschliches Treibgut. Wurde von den Wogen unbarmherzig davongetragen, durch die finstere Nacht. Es war unmöglich, Grund zu finden, das Wasser war viel zu hoch. Es war auch unmöglich, irgendwo Halt zu finden, weil das Wasser viel zu stark strömte. Und er sah ja nichts. Seinen Tschako hatte er verloren und einen Schuh, aber das war ihm gar nicht bewusst. Auch nicht, dass Schlagstock und Dienstpistole immer noch an seinem Gürtel hingen. Nutzloser Ballast. Die ganze Uniform war nutzloser Ballast. Es war auch völlig nutzlos, ein Gebet zu sprechen. Nur der Zufall konnte ihm noch helfen.

Manchen Menschen ist der Zufall ein ständiger Begleiter, in guten wie in schlechten Zeiten. POM Mattei, der durchaus das Zeug hatte, sich bis zum Polizeihauptmeister mit Amtszulage hochzuarbeiten, hatte vielleicht ein Defizit an Damenbekanntschaften zu beklagen, aber der Zufall war ihm in dieser Nacht noch zugetan.

Nachdem die Flutwelle den nagelneuen Ford Taunus-Streifenwagen erfasst hatte, war alles sehr schnell gegangen: Der erste gewaltige Stoß schleuderte Polizeimeister Danner gegen das Armaturenbrett und zwar so unglücklich, dass ihm das Genick brach. Wenige Sekunden später rissen die Wassermassen die Hintertür auf, ein dicker Ast wurde durch die Türöffnung geschleudert und drang mit dem spitzen Ende in die Brust von Klaus, verletzte ihn tödlich.

Noch tänzelte der Taunus auf den Wellen, sackte aber tiefer, neigte sich nach rechts. Mattei gelang es gerade noch rechtzeitig, die Fahrertür aufzudrücken. Er versuchte hinauszuspringen, aber im gleichen Moment rutschte er weg, seine Füße verloren den Halt, er glitt zurück. Was ihn knapp davor bewahrte, mit dem Hals in einer Doppelreihe Stacheldraht hängen zu bleiben, die ein misstrauischer Mensch auf den Jägerzaun seiner Kleingartenparzelle gepflanzt hatte, damit übermütige Kinder nicht drüberklettern und ihm die Kirschen vom Baum klauen konnten. Der Stacheldraht zerriss Matteis Uniformhose, verschonte aber seine Waden.

Die Wellen warfen ihn hin und her. Das Wasser stank, es war grausam kalt. Kein Mensch hält es lange in solch eisiger Brühe aus. Kälte tötet die Lebenskraft. Deine Gliedmaßen erlahmen, dein Herz erstarrt, du versinkst und bist weg. Für immer. Es sei denn, die moderne Technik hält einen Rettungsanker für dich bereit. In Form eines Telefonmasts zum Beispiel. Dieser hier wird doppelt gestützt von zwei Balken, die auf beiden Seiten zur Stabilisierung angebracht wurden. Die Leitung hängt nur noch schlaff herunter, aber der Mast steht aufrecht.

Mattei gerät in einen Sog, der ihn zu einem willenlosen Objekt macht. Der Sog wirft ihn gegen den Mast. Einmal, zweimal. Mattei merkt gar nicht, dass er der Rettung nahe ist. Ein Wasserwirbel bewirkt, dass er den Mast umkreist. Erst als er einmal um den Pfeiler herumgepaddelt ist, mit den Armen fuchtelnd und Dreckwasser saufend, merkt er, dass dies der einzige Halt ist, den er noch finden kann, packt im letzten Moment, als eine

Welle ihn schon davontragen will, reflexartig nach dem herabhängenden Telefonkabel und klammert sich fest. Nun hängt er in der Strömung wie ein Fisch an der Angel, das Wasser strömt und strömt, und er weiß nicht mehr weiter.

Und wie es der Zufall will, neigt sich der Mast, als wolle er ihm einen Hinweis geben: Komm her! Mattei zieht sich Zentimeter um Zentimeter heran. Wenn bloß das Kabel hält! Mühsam, mit von Krämpfen schmerzenden Muskeln, nähert er sich der wackeligen, schrägliegenden Konstruktion aus drei Balken. Aber immerhin schafft er es. Er kommt ran. Die Fluten reißen ihn nicht mit sich. Er klammert sich fest wie ein Affe. Klettert hinauf, raus aus der eisigen Drecksbrühe. Und dann hat er die kluge Idee und auch noch genügend Kraft, sich das lose Telefonkabel um den Leib und den mittleren Pfeiler zu binden. Ein Knoten. Und jetzt hängt er fest, kann kurz verschnaufen. Das Kabel hält ihn, er muss keine Kräfte mehr verschwenden.

Er ist der Ohnmacht nahe, aber er lässt es nicht zu. Er weiß, dass er hier genauso gut an Unterkühlung sterben kann wie im Wasser. Es ist Februar. Zwar liegt die Temperatur nicht unter null, aber es ist trotzdem „arschkalt", wie der Kollege Danner immer sagt. Wo ist Danner? Ich weiß nicht, wo Danner ist. Wo sind die anderen? Ich weiß nicht, wo die anderen sind. Wo sind alle? Was ist passiert? Was soll ich tun? Ich weiß nicht. Ich weiß nichts. Doch: überleben.

Um zu überleben, muss man nicht denken können, also lässt Mattei das bleiben. Starrt mit leerem Blick ins Schwarze, das wogt und brandet, und sieht manchmal etwas, wenn es ganz dicht an ihm vorbeitreibt. Ein totes

Huhn zum Beispiel, einen entwurzelten Baum, eine Schubkarre aus Holz, auf der drei Ratten sitzen, ein fettes Schwein mit dem Bauch nach oben. Er nimmt das gar nicht zur Kenntnis, er sieht es bloß. Aber dann erschrickt er doch. Als auch die Leiche seines Kollegen Danner vorbeitreibt, irgendwann. Und dann hört er die Schreie von den Menschen, die in ihren Hütte ersaufen oder sich auf Dächern die Seele aus dem Leib brüllen, ungehört.

Mattei erschlafft, körperlich und geistig, wird apathisch. Er hat keine Angst mehr. Er könnte jetzt einschlafen. Auf morgen warten. Er ist ja festgezurrt. Kann doch warten bis zur Tagesschicht, sich ein Bild von der Lage machen, es mit den Kollegen besprechen, und dann einen Einsatzplan entwickeln und danach handeln. Nie ohne Plan in den Einsatz! Ein kurzes Nickerchen in der Pause, und dann mit frischem Elan ans Werk gehen. Genau. Alles andere ist jetzt egal.

Eine Welle schleudert ein Eisenfass gegen den Telefonmast. Das schwere Ding prallt gegen ihn, erwischt ihn an Hüfte und Oberschenkel. Da, wo die Nerven noch funktionieren, wo noch nicht alles taub ist, wo es noch wehtut. Ja, Scheiße! Hat man denn nirgendwo seine Ruhe?

Er schaut dem davontreibenden Fass nach. Es treibt da drüben hin. Auf diese Silhouette zu. Könnte ein Haus sein. Ist das nicht der Neubaukomplex? War da nicht kürzlich Richtfest? Stehen diese Rohbauten nicht auf einer Anhöhe? Wäre das nicht eine rettende Insel in diesem Meer der Zerstörung und des Todes?

Noch ein Fass schaukelt vorbei, diesmal ist es ein blaues aus Kunststoff mit einem schwarzen Deckel, und da noch eins. Die nehmen den gleichen Kurs wie das aus Metall. Es hat sich eine Strömung gebildet, die das Wasser nun konstant in seine Richtung treibt, und dann weiter, direkt auf die neugebauten Häuser zu.

Noch ein Plastikfass dümpelt heran. Er fasst danach, bekommt es an einem Griff zu fassen. Aber mal ehrlich: Willst du das wirklich als Rettungsring benutzen? Dieses schäbige, schmutzige Plastikteil? Kann man sich überhaupt daran festhalten? Ja, kann man. Zwei Griffe sind seitlich angebracht. Das geht. Also, warum zögerst du noch? Etwas Besseres als den Tod durch Erfrieren auf einem kippenden Telefonmast wirst du vielleicht finden. Du brauchst nicht mal Mut. Du hast gar keine Wahl, weil die drei Pfosten keinen Halt mehr haben, denn die Fluten haben den Untergrund aufgewühlt und fortgeschwemmt. Der Mast kippt. Also los!

Mattei stößt sich von dem Pfahl ab, der hinter ihm im Wasser versinkt. Die Strömung zieht ihn mit sich, reißt ihn fort, genau in die Richtung, in die er möchte, auch wenn er gar nicht weiß, wie weit er kommen wird und ob dieses Fass aus zerkratztem Kunststoff ihn überhaupt bis zu seinem Ziel bringt.

Er merkt, wie er über den Deich getragen wird, denn seine Füße streifen die Überreste der Deichkrone, als er über den zerstörten Schutzwall treibt. Für ihn ist es gut, dass der Deich an dieser Stelle gebrochen ist, denn die Lücke kanalisiert das Wasser, lenkt den Wasserstrom auf den Rohbau zu, den er als rettendes Ziel angepeilt hat.

Mattei landet auf dem Garagendach, das inzwischen deutlich höher überspült ist, und wird in eine Mauernische gedrückt, wo er mit dem Fass liegen bleibt. Von hier aus geht es nicht weiter. Aber er weiß auch nicht, wie er aus dieser Ecke wieder herauskommen soll. Da drüben ist ein Baugerüst, aber hier nicht. Da oben ist die Ebene des zweiten Stocks, aber die erreicht er nicht. Die Fensteröffnung liegt zu hoch. Und überhaupt, wenn er das Fass jetzt loslässt, muss er aus eigener Kraft schwimmen. Oder etwas finden, woran er sich festhalten kann. Da ist aber nichts. Und ihm fehlt die Kraft zum Schwimmen. Sein Körper ist so stark ausgekühlt, dass die Muskeln keine Energie mehr haben.

Schlagartig wird ihm klar, dass er zwar gerettet ist, aber hier in diesem sicheren Hafen nun zuerst vollständig auskühlen und dann untergehen und ertrinken wird. *„Santa Maria, madre di Dio …"*, betet er.

Und ruft um Hilfe. Mit schwacher Stimme. Mit immer schwächer werdender Stimme.

Ohne Hoffnung.

Die Uniform ist so schwer geworden, wird immer schwerer. Auch seine Arme werden immer schwerer. Er ist so schwach, dass er den Kopf auf das Fass legen muss, er kann ihn nicht mehr hochhalten. Er kann auch nicht mehr rufen, kaum noch stöhnen.

Gib doch auf, sagt die Mutter Gottes zu ihm, gib auf und komm zu mir. Es ist gar nicht weit, und du wirst es schön bei mir haben. Komm!

Aber er kann die Hände nicht losmachen. Seine Hände lassen sich nicht mehr bewegen. Sie umklammern die Griffe des Plastikfasses und wollen dem Willen ihres Besitzers nicht gehorchen. Weigern sich. Sind vielleicht schon abgestorben.

Dann wird der Rest von mir auch bald tot sein, denkt Mattei. Es ist ihm jetzt alles egal, die Kälte frisst sich in sein Innerstes, betäubt die Lebenskraft.

Ein Gesicht.

Über ihm.

Ein helles Oval. Mit Augen, Nase, Mund. Das Oval hebt sich vor der dunklen Kulisse ab. Ein helles Oval inmitten eines schwarzen Rechtecks.

„He", sagt das helle Oval. „He! Hallo!"

Mattei kann nicht antworten. Das ist jetzt einfach nicht mehr möglich. Seine Kehle ist eingefroren. Er starrt nach oben, kann den Kopf nicht mehr bewegen. Müde, müde, müde. Nur ein winziger Rest Lebenskraft steckt noch in ihm, und dieses Fünkchen, das noch glimmt, lässt ihn nach oben starren.

„He! Leben Sie noch?"

Mattei schafft es mit übermenschlichen Kräften einmal mit den Augen zu zwinkern.

„Bleiben Sie ruhig, ich helfe Ihnen", sagt der junge Mann da oben. Dann verschwindet sein Gesicht.

Taucht wieder auf.

Hat ein Seil in der Hand. Beginnt ein waghalsiges Manöver. Schlingt das Seil um einen Betonpfosten. Lässt es herab. Hangelt sich selbst am Seil herunter, bis er im Wasser landet, bis zu den Hüften, ertastet sich mit den Füßen den Fenstersims des unteren Stockwerks als Standort. Beugt sich vor, immer noch mit einer Hand am Seil. Das will er nun um den Oberkörper von Mattei schlingen, der ihn anglotzt, als wäre er schon tot. Aber seine Augenlider bewegen sich noch ab und zu, immer langsamer. Augenlider können so schwer wiegen.

Um das Seil um die Brust des Gestrandeten zu schlingen, muss Piet sich sehr weit vorbeugen und sich selbst gleichzeitig an dem Seil festhalten. Er stützt sich auf dem Fass ab, an dem Mattei sich mit beiden Händen festkrallt. Das Fass wackelt hin und her, dreht sich ein Stück weit, aber es ist in der Mauerecke verkeilt und mit dem Gewicht des Mannes beschwert, der sich daran festklammert, und damit relativ stabil.

„*Madre di Dio*", flüstert Mattei.

Piet legt eine Hand auf den Rücken des Hilflosen, stemmt sich ab, taucht das Seil ins Wasser, führt es ein Stück weit unter dem Brustkorb des Mannes hindurch, lehnt sich über ihn und versucht, auf der anderen Seite an das Seilende zu kommen. Das gelingt ihm auch, er zieht das Seil hoch, strafft es und verknotet es an der Stelle, an der er sich mit der anderen Hand festhält. Er ist mittlerweile wieder vollkommen durchnässt. Die frischen, trockenen Klamotten sind patschnass. Aber daran verschwendet er keinen Gedanken. Er hat sowieso die ganze Zeit gar nicht nachgedacht. Ist einfach einem Impuls gefolgt. Niemand in den staatlichen Erziehungsinstitutionen, die Piet von frühester Kindheit an durchlaufen hat, wäre auch nur im Entferntesten auf den Gedanken gekommen, dass dieser Taugenichts zu so selbstlosem Handeln in der Lage ist. Man hatte ihm immer nur das Schlimmste unterstellt. Vielleicht hat Piet deswegen dankbar die Gelegenheit ergriffen, die das Schicksal ihm bot, um zu beweisen, dass er mehr ist als ein missratener Bengel und hinterhältiger Egoist. Hätte er auch so gehandelt, wenn ihm aufgefallen wäre, dass der Mann, den er zu retten versucht, ein Polizist ist, ein Vertreter der Staatsgewalt, die ihn zeitlebens gequält und bevormundet hat?

So, der Mann ist verschnürt. Jetzt muss er nach oben gezogen werden. Das werde ich kaum allein schaffen, denkt Piet. Ich muss die anderen zu Hilfe holen. Also erst mal wieder hinaufklettern. Was übrigens gar nicht so einfach ist bei einem relativ dünnen Seil, denn es bietet wenig Halt. Aber der Mann muss gerettet werden. So wie der aussieht, so wie der guckt, hält er nicht mehr lange durch.

Piet hangelt sich hoch.

Und das ist wirklich nicht einfach. Zwar ist das Seil nun straff gespannt, weil es am unteren Ende ein Gewicht hat, aber der, der da unten dranhängt, darf ja nicht so sehr ins Wanken geraten, dass er sich von seiner Rettungsboje löst, nach unten sinkt und ertrinkt. Also ganz langsam nach oben klettern. Die Füße gegen die

Wand gestemmt und in Schräglage Zentimeter um Zentimeter ...

Das ist kaum möglich.

Irgendwas hemmt ihn. Sein Körper ist schwerer, als gedacht. Seine Hände sind klamm, kalt, wollen nicht mehr richtig fassen.

Ich brauche Hilfe. Dieser Gedanke kommt Piet leider zu spät. Er ruft, schreit. Und dabei kommt ihm blöderweise kurz in den Sinn, dass er auf diese Weise den Mann da unten beunruhigen könnte. Der soll doch die Gewissheit haben, in Sicherheit zu sein. Gleich in Sicherheit zu sein.

Die anderen hören ihn nicht. Niemand kommt ihm zu Hilfe. Piet hängt auf halber Höhe und kommt weder vor noch zurück. Spürt, wie ihn seine Kräfte verlassen.

Das Schicksal meint es nicht gut mit ihm, auch wenn es zwischenzeitlich so aussah. Es schickt eine Welle. Eine Flutwelle, die wie aus dem Nichts aufbrandet, sich ohne Vorwarnung aufbäumt, als wollte die breite Wassermasse mal kurz ihre Muskeln spielen lassen. Ausgerechnet hier, ausgerechnet in diesem Moment.

Die plötzliche Woge klatscht mit großer Wucht gegen die Betonmauer des Rohbaus, wird gefolgt von kleineren, kabbeligen Wellen, die noch mehr Unheil stiften könnten, wenn es nicht schon passiert wäre. Denn die Woge prallt genau an der Stelle mit voller Wucht gegen die Wand, an der Piet kraftlos am Seil hängt. Fegt ihn herunter und schleudert ihn ins unruhige Wasser, in die chaotisch wirbelnden Wellen unter der Gischt, die in alle Richtungen spritzt.

Piet kann nicht schwimmen. Niemand hatte Wert darauf gelegt, es ihm beizubringen. Er selbst war nie auf den Gedanken gekommen, so etwas könnte wichtig sein. Sich aus Spaß im Wasser zu tummeln, war für ihn nie infrage gekommen. Er hat nie eine öffentliche Badeanstalt besucht.

Er ging ganz schnell unter. Verschwand im wilden Gewoge und war weg.

Der gut verschnürte Mattei bekam das gar nicht mit. Die große Welle rauschte über ihn hinweg, hob ihn an, warf ihn hin und her und auf und ab, aber das Seil hielt ihn fest, und seine verkrampften Hände auch, das Fass war seine Rettungsinsel.

Und wieder erschien ein helles Oval über ihm. Die Jungfrau Maria. Und sie rief: „*Chico*! Komm mal schnell her!"

Vier Arme zogen den Polizisten Adrian Mattei aus dem Wasser. Die Arme von zwei Schwerverbrechern.

„Der ist schon so gut wie tot", stellte Betty fest.

Mattei lag vor ihnen auf dem nackten Betonboden auf der linken Seite. Seine Hände umklammerten immer noch die Griffe des Plastikfasses, das vor seiner Brust lag. Er war bleich, hatte die Augen geschlossen, atmete kurz und flach.

Rinke kniete sich neben ihn. Mit viel Mühe gelang es ihm, die Hände des Geretteten von den Griffen zu lösen. Dabei hatte er Angst, er könnte sie brechen, so steif waren sie.

Mattei kippte auf den Rücken.

„Eiskalt, total unterkühlt", sagte Rinke.

„Ich sag ja, so gut wie tot."

„Muss nicht sein", sagte Rinke.

„Der hat eine Uniform an", stellte Betty fest.

„Und?", fragte Rinke.

„Na ja ..." Betty zuckte mit den Schultern. Rinke bemerkte es nicht. Ihm war das Halfter mit der Dienstwaffe ins Auge gefallen. Er starrte es an, warf Betty einen kurzen alarmierten Blick zu.

Die tat so, als hätte sie nichts bemerkt.

Rinke machte sich daran, den Knoten des Seils zu lösen. Verwundert schaute er zu dem Betonpfosten, an dem es festgemacht war.

„Wie ist er denn an das Seil gekommen?", fragte er.

„Der Junge ...?" Betty schaute sich suchend um.

„Wo ist der überhaupt?"

Der Gerettete regte sich, war aber zu schwach, um etwas sagen zu können. Seine Augenlider zitterten ein wenig.

„Der nippelt uns ab", sagte Betty.

„Wir müssen ihn warm halten." Rinke hatte den Knoten gelöst, zog das Seil unter Matteis Körper hervor und rollte es zusammen. „Der Schnaps, vielleicht hilft der ..."

Betty lachte. Jetzt erst merkte sie, dass der Alkohol ihr zu Kopf gestiegen war.

„Sieh mal nach, wo Piet geblieben ist."

„Soll ich das?"

Rinke schaute auf. Sein misstrauisches Stirnrunzeln war in der Dunkelheit kaum zu erkennen, aber sie bemerkte es wohl. „Du bist ja komisch."

„Liegt nur am Schnaps." Betty tat so, als hätte sie eine schwere Zunge.

Rinke war nun klar, dass sie die Pistole bemerkt hatte. Aber was konnte das schon bedeuten? Sie wusste nicht, wer er war. Also hatte die Waffe keine Bedeutung, oder? Allerdings wusste er auch nicht, wer sie war.

„Ist noch was drin in der Flasche? Hol sie doch mal her."

„Hm-hm."

„Und sieh nach, was der Junge macht."

Sie erwiderte nichts. Schien nachzudenken. Stand stocksteif da. Er ärgerte sich darüber. „Was denn?"

„Der Udel hat 'ne Knarre."

„Was?"

„Die Pistole, du hast sie doch gesehen."

„Und?"

„Wer von uns beiden nimmt die?"

„Warum sollte einer von uns beiden sie nehmen?"
„Zur Sicherheit."
„Sicherheit vor was?"
„Vor dem Udel."
„Haben wir denn Angst vor dem?"
„Nee."
„Also lassen wir die Knarre, wo sie ist."
„Das findest du sicher?"
„Ja, klar."
„Quatsch nicht, du wolltest sie eben nehmen. Dann nimm sie doch!"
„Willst du sie haben?"
„Kann damit nicht umgehen", flunkerte sie.
„Ich auch nicht."
„Lügner."
„Hör mal ..."
„Ich kenne Männer wie dich", sagte sie.
„Und ...?"
„Ich mag Männer wie dich. Aber ihr Männer mögt Pistolen."
„Du bist wirklich betrunken."
„Ich schau jetzt nach, wo der Bengel ist", sagte sie und ging davon.

Rinke öffnete das Halfter und zog die Pistole heraus. Sie war tropfnass. Einem Revolver hätte das nicht so viel ausgemacht, aber dieses Ding hier? Die gute alte P38, wie reagierte die, wenn sie mit Wasser vollgelaufen war? Na ja, ausprobieren war jetzt nicht angebracht. Rinke überzeugte sich, dass die Waffe gesichert war, stand auf und steckte sie in die Gesäßtasche.

Betty kam zurück. „Ich kann den Jungen nirgendwo finden."

„Hat sich versteckt, um zu pissen", sagte Rinke und begann, laut zu rufen: „Piet! Piet! He, wo bist du? Piet!"

Betty schüttelte den Kopf. „Hat doch keinen Zweck."

„Du weißt wohl alles besser", sagte Rinke zornig.

Betty nahm es achselzuckend zur Kenntnis.

„Ich guck mal, ob ich irgendwo noch was Trockenes zum Anziehen finde", lenkte Rinke ein und ging weg.

„Was für ein Aufwand", murmelte sie vor sich hin und schaute auf den Polizisten zu ihren Füßen.

Unterwegs rief Rinke noch ein paar Mal nach Piet, aber der meldete sich nicht. Beunruhigt, aber noch nicht alarmiert, trat er in den Raum mit der großen Kiste und öffnete sie. Der Deckel prallte gegen die Wand.

Rinke bückte sich und tastete den Hohlraum unter der Truhe ab. Er fand den Leinensack und befühlte ihn. Münzen, eindeutig Münzen. Der Sack war gut verknotet. Er konnte ihn nicht mal eben schnell öffnen, um reinzuschauen.

Wer schleppt in so einer Nacht einen Sack mit Münzen mit sich herum, wenn es nicht wertvolle Münzen waren? Eine Frage, die in mehrfacher Hinsicht beantwortet werden wollte: Wer? Wer tat das? Und woher hatte sie die Münzen?

Knirschende Schritte näherten sich.

Wer war sie eigentlich?

Hastig schob er den Sack wieder unter die Truhe und richtete sich auf. Beugte sich über die Kiste und suchte darin herum. Eine Wolldecke und noch ein anderes Stück Stoff, irgendwas aus Kord. Ein zerknittertes Päckchen.

Man bräuchte eine Lampe, dachte er. Die Lampe war im Rucksack, das fiel ihm jetzt erst ein. Meine Güte, er war wirklich schwer von Begriff. Er hätte die Lampe aus dem Rucksack nehmen sollen, bevor er ihn versteckt hat. Und jetzt? Klar war: Sie sollte nichts davon wissen.

Der nächste Gedanke war wirklich beunruhigend: War Piet getürmt? Hatte er irgendeine Möglichkeit gefunden, das Gebäude zu verlassen. Und hatte er die Rucksäcke mit dem Gold mitgenommen?

Schritte dicht hinter ihm. Er wirbelte herum.

Sie stand direkt vor ihm. „Na, was gefunden?"

Die ist ja durch nichts aus der Ruhe zu bringen, dachte er.

„Die Frau meines Lebens."

„In der Kiste da?"

„Die ist noch nicht reif für die Kiste."

„Da hat sie aber Glück."

„Finde ich auch."

„Du bist betrunken, *Chico*." Sie hielt seinem Blick stand.

„Schön ..."

„Übrigens hast du mich in dieser Kneipe stehen lassen, du Idiot."

„War nicht so gemeint. Wir hatten zu tun."

„Um diese Zeit? Was denn?"

„Rauchst du?" Er hielt das zerknitterte Päckchen hoch.

„Nur, wenn du mir Feuer geben kannst."

„Hier ist noch 'ne Hose." Er hielt sie ihr hin.

„Was soll ich denn damit?"

„Na ja ..." Er tastete die Taschen ab und förderte tatsächlich ein Päckchen Streichhölzer zutage. „Bitte."

Sie nahm sich eine Zigarette, gab ihm die Packung zurück, wartete ab, bis auch er eine zwischen den Lippen hatte, und gab erst ihm und dann sich selbst

Feuer. Beide bliesen erleichtert den Rauch aus. Ihre Hand war ganz ruhig gewesen. Er zitterte leicht am ganzen Körper.

„Du könntest der Mann meines Lebens werden …"

„Aber?"

„Erstmal nur auf Bewährung."

„Auf Bewährung bin ich sowieso."

„Da haben wir ja was gemeinsam." Sie wandte sich ab. Tatsächlich bin ich eine Tote auf Urlaub, dachte sie.

„Die Hose kann der Udel kriegen und die Decke. Dann wird ihm wieder warm."

„Das wird ihn freuen." Sie ging voran.

Als sie vor dem regungslos daliegenden Mattei angekommen waren, fragte sie: „Was ist mit dem Jungen? Getürmt?"

„Weiß ich nicht."

Rinke zog dem Polizisten die Uniform vom Leib.

„Hast du noch 'ne Fluppe für mich?"

„Wir teilen sie uns ein."

„Na schön. Ich schau noch mal nach dem Bengel. Vielleicht ist er ja eine Etage höher." Sie ging davon.

Rinke warf ihr einen kurzen Blick hinterher. Ich muss mit ihr reden, dachte er. Alles auf den Tisch legen. Die hat was. Mit der könnte man … sich zusammentun. Unter Umständen.

Mattei stöhnte und schlug die Augen auf. Starrte Rinke in Panik an.

„Ganz ruhig", sagte der, „ich zieh dir bloß was Trockenes an."

„Nein", flüsterte Mattei, „nein, ich … muss … Sie … warnen …" Seine Stimme versagte. Das letzte Wort war nicht mehr zu verstehen. Er bewegte ruckartig die Hände,

die rechte tastete das Pistolenhalfter ab. „Meine ..."
Kraftlos fasste er Rinke am Arm.

„Keine Sorge, die Knarre hab ich an mich genommen."

Mattei versuchte, sich aufzurichten, und fiel erschöpft wieder zurück.

Rinke zog ihm die Manchesterhose an und wickelte ihn in die Wolldecke ein.

Betty kam zurück.
„Der Junge ist nirgends zu finden", sagte sie.
„Das kann doch nicht sein."
„Ich hab überall nachgeschaut."
„Auch auf dieser Etage?"
„Klar."
„Überall?"
„Ja doch."
„Badezimmer?"
„Auch."
„Das kann nicht sein."
„Sagtest du schon."
„Betty …"
„Hm?"
„Schon gut."
„Sag's noch mal."
„Was?"
„Meinen Namen."
„Betty …?"
„Klingt nett aus deinem Mund."
„Wenn wir hier raus sind …", sagte Rinke.
„Was?"
„Mal sehen …"
Mattei bewegte sich stöhnend, versuchte, sich aufzurichten, scheiterte. War noch zu schwach. „Hören … Sie …"

„Ruhig", sagte Rinke und wandte sich an Betty: „In der Flasche ist noch was drin." Er deutete auf die Schnapsflasche, die im Licht des Mondes schimmerte. Gleichzeitig bemerkte er, dass der Himmel aufgeklart war. Der Sturm ließ nach.

„Ja, und?", fragte Betty schnippisch. „Trink doch." Sie war plötzlich abweisend. Ein Reflex, weil sie hier nicht die sein wollte, die sie bis vor Kurzem noch gespielt hatte. Die Dienerin. Die Sklavin. Es war jedes Mal eine Tortur, das zu spielen. Und immer ein überwältigendes Gefühl der Befreiung, wenn die Angelegenheit erledigt war. Auch wenn es dann nicht lange dauerte, bis dieser Wunsch, dieses Bedürfnis, dieser Drang, ja, Zwang wieder von ihr Besitz ergriff, sich Luft zu verschaffen, indem sie einen von denen vernichtete, die sie vernichtet hatten. Denn tatsächlich, das musste sie manchmal vor sich selbst zugeben, in diesen stillen Stunden, wenn das Elend sie erfasste, war sie vernichtet. War nur noch eine Hülle, in der kaum noch Reste ihres alten Selbst übrig waren. Sie war wie ausgehöhlt, ausgedorrt. Auch die Welt um sie herum war nur noch eine Wüste. Jeder Frühling, den sie erlebte, war für sie ein Sprießen und Knospen schon welker Blätter und vertrockneter Blüten. Nur die Musik half manchmal. Musik, diese seltsame Kraft. Half manchmal sogar, in Anwesenheit der Folterknechte zu überleben. Musik war eine Substanz, die nicht verdorren konnte.

„He", sagte Rinke. „Ich meinte bloß, du sollst ihm mal was zu trinken geben. Damit er zu Kräften kommt. Vielleicht wärmt ihn das auf."

„Ja, gut." Betty ging zum Fenster und griff nach der Flasche.

Rinke wandte sich ab.

Als Betty neben Mattei in die Hocke ging, zuckte der vor ihr zurück. Sie bemerkte das sehr wohl. Rinke nicht. Der war schon im Nebenraum.

Betty half Mattei in eine halb sitzende Position und sagte: „Komm Polizist, nimm einen Schluck. Du hast doch gehört, was der Arzt dir verordnet hat. Schnaps ist gut gegen Cholera." Den letzten Satz sang sie, als wollte sie ein quengelndes Kind beruhigen.

„Nein", sagte Mattei.

„Doch, doch." Sie flößte ihm den Schnaps ein. Er schluckte und hustete, schluckte wieder, merkte, wie ihm warm wurde, und schluckte noch mehr. Japste nach Luft. Das Zeug brachte wieder Leben in seinen Körper. Er hechelte wie ein Hund.

Rinke hatte den Raum verlassen und trat nun ins Badezimmer, wo er die Wanne hochhob, um nach Piets Rucksack zu schauen. Der stand noch an derselben Stelle wie zuvor. Das war nun allerdings rätselhaft, denn wenn der Junge abgehauen wäre, hätte er ihn bestimmt mitgenommen. Er hatte doch so großen Wert auf seinen Anteil an der Beute gelegt. Rinke schnaubte abfällig. Gieriger Bengel. Dann dachte er: Scheiße, wenn er wirklich weg ist ... Und der absurde Gedanke, noch jemand könnte hier sein, jemand, der sich Piet geschnappt hatte. Eine abwegige Idee. Oder?

Hinter ihm wurde gehustet. Er wirbelte herum.

Husten und hecheln. Das ist nur der Polizist, dachte Rinke. Und musste grinsen: Nur der Polizist, ha! Es kam selten vor, dass er so dachte. Der Polyp war einstweilen außer Gefecht gesetzt, von dem drohte keine Gefahr.

Und Betty? Sie hatte behauptet, der Junge sei verschwunden.

Schau lieber mal selbst nach.

Ja, aber zunächst ...

Er griff nach dem Rucksack. Egal, was Piet auch sagen wird, wenn er wieder auftaucht, er kann doch nicht allen Ernstes der Ansicht sein, dass dies hier ein gutes Versteck ist.

Rinke trug den Rucksack aus dem Badezimmer in die halb fertig gebaute, winzige Küche, wo er ihn neben den anderen in den Schacht hängte. Dabei vergewisserte er sich, dass die Rucksäcke gut an den Schellen hingen, die aus der Wand ragten. Solide Sache, da kann keiner meckern, dachte er befriedigt.

Hinter ihm stöhnte der Polizist. Man konnte solche Geräusche jetzt wieder hören. Das Tosen des Sturms war abgeflaut. Dieses Dröhnen und Pfeifen, das ihn ganz benommen gemacht hatte, war nicht mehr da. Jetzt hörte man Rauschen und Gurgeln. Das Wasser. Die Flut. Er schaute durch die schmale Fensteröffnung des Badezimmers nach draußen. Der Mond zog einen flimmernden Silberstreifen über die schwarz glänzende Fläche, die sich wie ein Leichentuch über den Stadtteil gelegt hatte. Wenn man ganz genau hinhorchte, konnte man hin und wieder ein undefinierbares Geräusch vernehmen. Ob es von Mensch oder Tier kam oder eine andere Ursache hatte, war nicht auszumachen.

Leises Knirschen hinter ihm. Er wirbelte herum.

„Piet?"

Niemand da.

„Verdammt noch mal!"

Zornig stapfte Rinke durch die leeren Räume zum Treppenhaus, wo er über die Betonstufen nach oben stieg. Ein Geländer war noch nicht vorhanden. Unten gluckste und plätscherte das eingedrungene Wasser.

Das leise Knirschen hatte Betty verursachte, nachdem sie Mattei verlassen hatte, um in den kleinen Flur zu treten. In eine dunkle Ecke gedrückt, hatte sie Ausschau nach Rinke gehalten. Und sich gefragt, was mit dem Jungen passiert war. Darüber hinaus wunderte sie sich inzwischen über *Chico* und seinen Jungen. Wie waren die hierhergekommen? Was hatten sie gemacht, bevor der Sturm sie überrascht hat? Genauer gesagt: Was war geschehen, nachdem Rinke die „Deichhütte" verlassen hatte? Wo waren sie gewesen? „Wir hatten zu tun …" He, *Chico*, was hattet ihr zu tun? Zigaretten schmuggeln?

Sie sah, wie er aus dem Badezimmer kam, mit einem Rucksack. Der schien durchaus Gewicht zu haben, jedenfalls hielt er ihn mit beiden Händen fest. Ging damit in die Küche. Nachdem er sich umgeschaut hatte. Wollte wohl nicht dabei beobachtet werden. He, *Chico*, hast du Geheimnisse vor mir? Oder vor deinem Kompagnon, dem süßen Kleinen? Was führst du im Schilde?

Sie huschte eine Ecke weiter, konnte ihn in der Küche sehen, aber nur als Schatten. Sah, wie er sich im Schacht zu schaffen machte. Sieh an, sieh an, der Heimlichtuer.

Sie schlich davon und fluchte innerlich, als ihre Schuhsohlen leise knirschten.

„Piet? Verdammt noch mal!"

Er trat aus der Küche und ging zielstrebig ins Treppenhaus.

Der glaubt mir nicht, dachte sie. Aber da oben ist wirklich niemand. Dein Partner hat sich davongestohlen. Jetzt hast du nur noch mich. Vielleicht. Vielleicht auch nicht.

Sie eilte in die Küche, spähte in den Schacht, sah die Rucksäcke und nahm einen heraus. Knüpfte ihn hastig auf, atmete laut dabei, so aufgeregt war sie. Fasste hinein und ... war zutiefst enttäuscht. Kieselsteine? Kleine dumme Kieselsteine?

Sie stellte den Rucksack in das helle Rechteck, das vom Mondlicht auf den schmutzigen Betonboden gemalt wurde.

Glitzernde Kieselsteine. Der Rucksack war gut gefüllt damit. Sie hob eine Handvoll davon ins Licht. Ihr stockte der Atem, beinahe hätte sie laut aufgeschrien. Hast ließ sie die Steine wieder in den Rucksack fallen, prallte zurück, schnappte nach Luft, presste die Hand gegen die Brust, hatte das Gefühl, ihr Herz würde einen Schlag aussetzen. Ein kurzer Schwindel.

Dann lachte sie leise. Abfällig. Komm, komm, du hast schon Schlimmeres gesehen!

Wirklich?

Schlimmeres als einen Rucksack voller Goldzähne?

Chico, du Teufel, woher hast du die?

Sie hörte seine Stimme. Sie hallte durch die leeren Räume des oberen Stockwerks. „Piet! Piet! Wo bist du? He!"

Ich hab dir doch gesagt, dass er nicht da ist.

Sie schnürte den Rucksack wieder zusammen, knüpfte die Laschen zu und hängte das Ding wieder neben den anderen in den Schacht. Befühlte noch kurz den zweiten, stellte fest, dass dieser offenbar den gleichen Inhalt hatte, und es lief ihr eiskalt den Rücken hinunter.

Aber ... wenn das alles Gold ist?

Vorsicht, Betty, der Teufel sitzt dir im Nacken.

Ach was!

Hinter ihr schrie Mattei um Hilfe.

Sie ging zurück in den Raum mit dem großen Fenster. Mist, auch das noch! Mattei wälzte sich über den Boden, weg von der breiten Öffnung, durch die das Wasser schwappte. Kroch mit müden Gliedern in die hinterste Ecke des Zimmers, drehte sich schwerfällig, stöhnend und ächzend um und lehnte sich mit dem Rücken gegen die Wand, mehr liegend als sitzend. Hatte sich heillos in seiner Decke verwickelt, die aber seinen nackten Bauch freigab. Er schnaufte, weil dieser kurze Weg ihn jede Menge Kraft gekostet hatte.

Der Mond erfüllte den Raum mit diffusem kaltem Licht. Bettys Blick fiel auf die nasse Uniform, die in einer Ecke lag. Mit zwei Schritten war sie da und kniete sich hin. Suchte nach dem Gürtel. Hielt das Halfter in die Höhe. Es war aufgeknöpft und leer.

Sie trat vor ihn. „He, wo ist deine Waffe?"

„Was?"

„Die Waffe!" Sie deutete auf seinen Gürtel.

„Hat er."

Aha, sieh an.

Das Wasser plätscherte weiter über den Fenstersims. Inzwischen hatte sie genug Erfahrungen gesammelt, um zu wissen, dass mit dem Blanken Hans nicht zu spaßen war. Da draußen gab es Wasser in rauen Mengen. Und es stieg noch, obwohl der Sturm sich abgeschwächt hatte. Wellen rollten heran und ergossen sich in den Raum.

Noch eine und noch eine und immer weiter. Hier war jetzt Schluss. Nichts wie weg.

Sie trat vor Mattei und schaute ihn mitleidlos an.

Er versuchte, sich aufzurappeln, fiel aber wieder zurück.

„Ach", sagte er schwach.

Er wird ersaufen, wenn er sich nicht anstrengt, dachte Betty. Und erinnerte sich, dass sie diesen Satz so ähnlich aus dem Mund ihrer Mutter gehört hatte: „Du wirst verbrennen, wenn du dich nicht anstrengst!" Sie hatte sich angestrengt, sehr sogar. Ihre Mutter hatte gedrückt und geschubst und gestoßen und gerufen: „Los, los, los! Mach schon! Schnell!" Und sie hatte es tatsächlich geschafft, dem brennenden Haus zu entkommen. Aber ihre Mutter nicht. „Lauf!", war das letzte Kommando gewesen, dass sie ihr mit auf den Lebensweg gegeben hatte. Und Betty lief und lief, direkt in die Arme der Brandstifter, die passend zu ihrem Tun Totenköpfe an Mützen und Kragen trugen.

Dieser blöde Polizist! Soll er doch ertrinken, was geht's mich an, dachte sie.

Das Wasser schwappte an Matteis Hinterkopf. Da spürte er die Gefahr. Seine Hand schoss vor und umklammerte ihren Fußknöchel.

Betty schrie auf. Vor Schreck, vor Zorn, vor Abscheu! Es klang wie das Aufheulen eines angeschossenen Tiers.

Rinke stürmte die Treppe herunter und ins Zimmer.

„Das Wasser kommt", sagte sie tonlos. Mattei ließ von ihr ab und jammerte leise vor sich hin.

„Wir bringen ihn weg", sagte Rinke.

Sie zögerte.

„Los doch!"

Sie war wie erstarrt.

„He!" Er gab ihr einen Klaps.

Sie warf ihm einen bösen Blick zu. Riss sich zusammen. Mal wieder.

„Na gut."

Sie packten ihn unter den Achseln und hoben ihn hoch. Mussten ihn stützen, sonst wäre er gleich wieder zusammengesackt.

„Wohin?", stöhnte Betty.

„Eine Etage höher."

Sie schleiften ihn durch den Flur ins Treppenhaus und schleppten ihn nach oben. Auf halbem Weg hielten sie kurz an, um zu verschnaufen, und Rinke spürte, wie Betty ganz zufällig eine Hand über seinen Rücken gleiten ließ, bis nach unten zu den Taschen des Blaumanns. Aber da war nichts. Die Pistole hatte er in die Werkzeugtasche am Hosenbein gesteckt.

Sie lehnten den Polizisten in dem kleine Zimmer gegenüber der Küche gegen die Wand. Dann folgten beide einem Impuls und wollten rasch wieder nach unten gehen. In der Türöffnung stießen sie gegeneinander.

„Was ist?", fragte Rinke.

„Du hast noch Sachen unten."

„Ach ja?"

„Geh schon."

Er rannte ins Treppenhaus, nahm zwei Stufen auf einmal. Sie schlich hinterher. Lass ihn rennen. Bleib ruhig. Behalte einen kühlen Kopf.

Das Wasser war bereits im Treppenhaus angekommen. Nicht sehr hoch, aber es platschte, wenn man hindurchlief. Sie hörte, wie Rinke in die Küche rannte. Klar, der holt die Rucksäcke.

Das Zimmer mit der Kiste war noch trocken. Sie zog den Sack hervor, knöpfte sich die Latzhose auf, zog den Drraht aus der Tasche und band sich den Sack vor den Bauch. Dann knöpfte sie die Latzhose wieder zu. Jetzt sah sie aus, als wäre sie schwanger. Schwanger mit Gold, wie wäre das? Goldeselin, streck dich. Sie lachte vor sich hin.

Sie hörte, wie Rinke zurück ins Treppenhaus platschte und leise nach oben stieg. Sie folgte ihm.

Als sie ins Zimmer kam, lagen die beiden Rucksäcke in der Ecke gegenüber des Sitzplatzes des Polizisten.

„Du hast ja viel Gepäck", sagte sie.

„Muss jetzt auch noch das von Piet tragen."

„Dass er einfach so verschwunden ist …"

„Ja, wo zum Teufel ist er geblieben?" Rinke warf ihr einen misstrauischen Blick zu.

Sie hob abwehrend die Hände. „Ich weiß es nicht."

„Ertrunken …", stieß Mattei aus. Es war mehr ein Stöhnen.

Sie schauten ihn überrascht an.

„Hat mich gerettet … ist dabei ertrunken …"

Einen Moment lang waren sie beide völlig perplex.

„Ins Wasser gefallen", fügte Mattei hinzu. Dann schwieg er. Die drei Sätze hatten ihn erschöpft.

Rinke schüttelte ungläubig den Kopf. Lachte leise vor sich hin.

„Was ist daran so witzig?", fragte Betty.

„Kommt um, weil er einen Polypen rettet. Völlig verrückt. Völlig verrückt, der Junge."

„Ist tot", sagte Mattei kaum hörbar.

„Uns hat er auch gerettet", stellte Betty fest.

Wieder schüttelte Rinke den Kopf. „Mensch, Piet …"

„Kanntet ihr euch gut?", fragte Betty.

„Seit vorgestern."

„Aha."

„Was heißt aha?"

„Also keine große Freundschaft."

„Wir hatten beruflich miteinander zu tun."

Betty deutete in die Ecke, wo die Rucksäcke lagen: „Wegen dem da."

„Hm?" Rinke spürte, wie er sich ein klein wenig schuldig fühlte. Aber warum denn?, wehrte er innerlich ab.

„Was ist da drin?", fragte Betty, immer noch auf die Rucksäcke deutend.

„Werkzeug."

„Ah."

„Du gehst mir auf die Nerven."

Sie ging in die Ecke und hob einen der Rucksäcke hoch. „Ganz schön schwer."

„Lass das!"

„Hat sich wohl gelohnt?"

„Leg das hin!"

„Sonst?" Sie schaute ihn provozierend an, tat so, als würde sie das Gewicht des Rucksacks schätzen.

„Wir reden später drüber", lenkte Rinke ein.

„Na schön." Sie ließ den Rucksack auf den Boden fallen.

Rinke drehte den Spieß um: „Was ist mit deinem Bauch passiert?"

„Daran bist du jedenfalls nicht beteiligt, *Chico*", entgegnete sie.

Er grinste. „Spaßvogel."

„Kein Spaß", stöhnte Mattei.

Rinke sah ihn an. „Was?"

„Sie ist kein Spaß!", stieß der Polizist hervor.

„Was soll das denn heißen?"

„Wird gesucht ... wegen ..."

Rinke drehte sich zu Betty um. „Was sagt man dazu?"

Sie lächelte ausdruckslos.

„Weshalb wirst du gesucht, Betty?"

„Mord", sagte Mattei röchelnd.

Rinke tat so, als hätte er es nicht verstanden.

Betty hatte es sehr wohl verstanden. Sie knöpfte die Latzhose auf und löste den Draht. „Ich bin auch nicht schlimmer als du", sagte sie.

Mattei wiederholte: „Mord."

„Ach was", sagte Betty leichthin. „Deswegen." Sie warf Rinke den Leinensack vor die Füße. „Schau rein."

„Ich weiß, was drin ist", sagte Rinke.

„Ach?"

„Goldmünzen."

„Gestohlen!", sagte Mattei.

„Natürlich gestohlen", gab Betty zu.

„Wo?", fragte Rinke.

„Tut nichts zur Sache, *Chico*." Sie knöpfte sich die Hose wieder zu. „Übrigens weiß ich auch, was in euren Rucksäcken ist."

„Ja?"

„Gold."

Mattei starrte Rinke verwirrt an.

„Und ich frage dich auch nicht, woher du das hast."

Rinke zuckte mit den Schultern. „Ich habe keine Geheimnisse. Ich bin Einbrecher von Beruf."

Bettys Augen funkelten. Das schien ihr zu gefallen, jedenfalls bildete Rinke sich das in diesem Moment ein.

Mattei hingegen ließ sich verzweifelt zurückfallen. Er hatte jede Hoffnung verloren.

„Hast du noch eine Zigarette für mich, *Chico*?", fragte Betty.

„Hab ich."

„Und Feuer?"

„Auch."

Er zog die Packung aus der einen, die Streichhölzer aus der anderen Tasche.

Als sie rauchend am Fenster standen und auf das glitzernde Wasser schauten, sagte sie: „Bis zum Sonnenaufgang dauert es noch. Erzähl mir was von dir, *Chico*."

„Die Wahrheit?"

„Was du willst ... Das mit den Goldzähnen?" Sie fröstelte.

Er wollte den Arm um sie legen, aber sie schüttelte ihn ab und trat ein Stück zur Seite.

Mattei stöhnte kraftlos und dämmerte weg.

Sie setzten sich nebeneinander auf den Boden, gegen die Mauer gelehnt. Rinke erzählte von seinem Coup. Und dabei wurde ihm klar, dass er damit gescheitert war. Was bitte sind denn Goldzähne wert? Er war auf Goldbarren aus gewesen. Und die hatte es nicht gegeben. Alles nur ein Missverständnis? Verrückt. Und dann der Junge, den er mit hineingezogen hatte in diese irrsinnige Geschichte.

„Piet ist mir gefolgt, hat sich mir anvertraut, hat sich was Großes erhofft von der Sache. Und nun ist er tot. Eindeutig meine Schuld", sagte er. „So eine Scheiße. Er war zu jung. Ich hätte besser einen anderen genommen. Aber es war ja niemand da."

„Es hätte genauso gut dich treffen können", sagte Betty.

Rinke warf einen Blick auf Mattei, der unter seiner Wolldecke zitterte und schnaufte, aber offenbar schlief. „Beim Versuch, einen Polypen zu retten?"

„Na ja."

„Kann ich mir kaum vorstellen."

„Man hat schon …"

„Ich weiß."

„Du bist also ein richtiger Verbrecher?"

„Ja."

„Von Berufs wegen?"

„Ja."

Sie schaute ihn an. Ihre Augen leuchteten auf. „Du nimmst dir, was du haben willst."

„Wenn es möglich ist."

„Gegen die Gesetze, gegen die Gesellschaft."

„Ich verstoße nur gegen die Eigentumsgesetze."

„Keine Gewalt?" Sie schaute ihn prüfend an.

„Ist das die Schicksalsfrage?"

„Ja, das wird doch behauptet. Du sollst nicht töten. Sonst wirst du geächtet."

„Keine Gewalt", log Rinke.

„Wirklich?"

„Selbstverteidigung ist erlaubt."

„Wenn man töten muss, um nicht getötet zu werden?"

„Ich spreche nicht vom Töten, sondern von Gewaltanwendung."

„Einen Wachmann niederschlagen und fesseln. Einen Polizisten ausschalten, der dich verhaften will."

„Ja, das ist manchmal notwendig. Ich will ja frei bleiben."

Sie nickte nachdenklich. „Frei bleiben, darum geht es."

„Genau."

„Und wenn man tötet, weil man getötet wurde?", fragte Betty.

„Was?"

„Auge um Auge ..."

„Das hört dann nie mehr auf."

„Blut um Blut ..."

„Das ist verboten", sagte Rinke kategorisch.

„Verbote, Gebote, Gesetze. Immerzu drohen sie uns mit Gefängnis", sagte Betty.

„Nicht nur uns", sagte Rinke nachdenklich. „Sie drohen allen mit Gefängnis."

„Damit sie alle kuschen. Brav bleiben."

„Und nicht das Eigentum antasten, das andere sich unter den Nagel gerissen haben." Jetzt war er wieder bei seinem Lieblingsthema. Auch er drehte sich im Kreis seiner Leidenschaften.

„Ah, jetzt verstehe ich, warum du Einbrecher geworden bist."

„Und zwar?"

„Schneller zum Ziel kommen."

„Was für ein Ziel denn?"

„Reich werden? Ist das nicht das Ziel, das alle haben?"

„Deins?"

„Warum nicht? Für eine gewisse Zeit ..."

Er lachte leise. „Für eine gewisse Zeit?" Dann schüttelte er den Kopf. „Nein, es geht nicht um Reichtum."

„Nicht?" Sie schaute ihn überrascht an. Ein Anflug von Enttäuschung lag in ihren Augen.

„Es geht ums Prinzip. Eigentum ist Diebstahl. Individueller Reichtum beraubt die Gesellschaft."

„Und du tust was dagegen?" Das schien sie amüsant zu finden.

„Ganz genau. Es ist ein politischer Akt."

Sie lachte. „Das sind ja verrückte Ideen."

„Mein Vater war Einbrecher, meine Mutter Kommunistin, was erwartest du von mir?"

„Erzähl mir deine Lebensgeschichte, dann sag ich dir, was ich von dir erwarte ... vielleicht."

Rinke starrte zur gegenüberliegenden Wand. Sie war nicht mehr ganz so dunkel wie zuvor. „Weiß gar nicht, wo ich anfangen soll ..."

„Deine Eltern, du hast von deinen Eltern gesprochen."

„Sie kämpften für die Rechte der Arbeiter, aller Ausgebeuteten ..., bevor die Nazis kamen und alles zunichte machten."

„Ja, sie haben alles zunichte gemacht", sagte Betty düster.

„Meine Mutter war Reporterin bei einer Zeitung in Hamburg. Mein Vater hat für radikale Organisationen Aufgaben übernommen. Meine Eltern gingen nach dem Reichstagsbrand ins Exil nach Frankreich ..."

„Und nahmen dich mit?"

„Ich war noch gar nicht da. Ich wurde erst 1935 geboren, in Toulouse. Ein Jahr später sind meine Eltern nach Spanien gegangen, um dort gegen die Faschisten zu kämpfen. Ich blieb bei Pflegeeltern."

„Waren sie nett, diese Pflegeeltern?", fragte Betty.

„Ja."

„Meine nicht. Hast du deine Eltern wiedergesehen?"

„Ja, sie besuchten mich und haben mich später geholt."

„Meine Eltern sind nie wiedergekommen." Betty griff nach der Zigarettenpackung und zündete sich eine an. Ihre Hände zitterten leicht.

„Das tut mir leid."

„Ja."

„Nach dem Krieg gingen wir nach Berlin. Meine Mutter arbeitete für Zeitungen und Zeitschriften im Osten. Macht sie immer noch."

„Und dein Vater?"

„Steht mit einem Bein im Osten, mit dem anderen im Westen. Das ist sein Geschäftsmodell."

Betty nickte und blies den Rauch aus. „Im Westen einbrechen und im Osten untertauchen."

„Genau so."

„Und dich hat er angelernt."

„Ja."

„Wie der Vater, so der Sohn. Und warum seid ihr nicht mehr zusammen?"

„Ich will nicht hinter die Mauer. Da ist es mir zu eng."

„Weißt du, wovon ich träume, *Chico*? Von einer Welt ohne Mauern. Also am besten auch ohne Häuser. In einem Zelt kann man dich nicht einsperren ... jedenfalls nicht so einfach ... und wenn du schreist, können es die Leute draußen hören ..."

„Mauern kann man natürlich aufbrechen", sagte Rinke.

„Die in Berlin?"

„Mein Vater träumt davon. Meine Mutter auch."

„Obwohl sie dort sind?"

„Sie sind in Ungnade gefallen, als die Arbeiter gegen die Regierung protestierten. Sie waren für die Arbeiter."

„Du kommst aus einer komplizierten Familie ..."

„Und du?" Er hielt ihr die Zigarettenpackung hin.

„Ich kann mich an niemanden mehr erinnern."

„Wirklich?"

Sie zündeten sich die letzten beiden Zigaretten an. Ihre Hände zitterten. Rinke fragte sich, ob ihr Zittern davon kam, dass er ihr in die Augen sah. Oder ob es eine ganz andere Ursache hatte.

„Ein schwarzes Tuch hat sich über meine Erinnerung gelegt. Ich bin froh darüber."

„Alles vergessen?"

„Ich habe einmal einen kleinen Zipfel angehoben. Was ich darunter gefunden habe, hat mich zu Tode erschreckt. In meiner Erinnerung sind Ungeheuer versteckt, die nur darauf lauern, mich zu quälen." Sie sog den Rauch ein, als wäre er ein rettendes Lebenselixier.

„Der Krieg?"

„Der war schon fast vorbei. Ich bin ein kleines bisschen älter als du, *Chico*. Je älter man ist, umso mehr erinnert man sich und umso deutlicher spürt man den Schmerz."

„Welche Ungeheuer?"

„Das ist doch egal", entgegnete sie störrisch. Sie starrte zur gegenüberliegenden Wand. Über dem schlafenden Mattei zeichnete sich ein trapezförmiges, helles Rechteck ab. Das erste Morgenlicht.

„Tut mir leid", sagte Rinke.

„Das sollte es auch", erwiderte sie abweisend und rückte ein Stück von ihm ab. Starrte zu Boden. Sie schwiegen eine Weile.

„Na, komm schon", sagte Rinke und streckte eine Hand aus.

Sie rutschte noch etwas weiter weg. „Nein! Nein." Sie schaute ihn empört an. „Du redest so schön. Von Eigentum und Diebstahl und so weiter. Ja, ja, weil's dir gerade in den Kram passt. Na schön, bitte, mir ist das ganz gleich. Aber du hast ja keine Ahnung! Wenn jemand nämlich kein Eigentumsrecht hat an sich selbst, an seinem Körper und an seinem Geist, an seinen Gefühlen, was dann? Hm? Was dann?"

Er schaute sie an. Ihm fiel keine Antwort ein. Er wusste nicht mal, was sie meinte.

„Na? Was dann?", rief sie aus. „Hast du dafür ein paar schlaue Ideen parat? Nein, hast du nicht! Oder? Na, komm schon, erzähl mir was vom Pferd, *Chico*! Erklär mir, dass das alles einen Sinn macht! Kannst du nicht?

Fällt dir nichts ein? Na, sieh mal an, dann muss ich mich wohl an die schwarzen Tücher halten. Schwarz müssen sie schon sein, darauf kann man das Blut nicht sehen. Deshalb waren die Uniformen von denen mit den Totenköpfen auch schwarz! Was sagst du dazu, *Chico*? Jetzt glotzt du dumm, hm? Jetzt fällt dir nichts mehr ein, was?"

Rinke war schockiert von ihrem Wutausbruch. Hilflos, weil er überhaupt nicht einordnen konnte, was sie da sagte.

Sein Schweigen brachte sie nur noch mehr gegen ihn auf.

„Du bist genauso blöd und hässlich wie alle anderen! Lass mich bloß in Ruhe ..." Sie stand auf und trat ans Fenster. Verschränkte die Arme, blieb dort stehen wie eine Statue.

Rinke lehnte sich erschöpft gegen die Wand und schloss die Augen. Gedankenfetzen taumelten durch sein Bewusstsein, ziellos. Überreste von Wünschen und Sehnsüchten, die aus irgendwelchen Tiefen nach oben gespült worden waren, zerstoben und verglommen wie Funken eines erloschenen Feuers, dessen Asche von einer Windböe aufgewirbelt wird. Eben noch war sein Herz mit Emotionen prall gefüllt gewesen, jetzt war es nur noch eine müde Pumpe. Rinke fühlte sich von allen guten und bösen Geistern verlassen. Leck mich doch am Arsch, dachte er. Ihr könnt mich mal. Alle.

Seine Augenlider waren so schwer wie noch nie. Er sah die Silhouette der Statue vor dem Fenster. Gefallene Engel werden zu Teufeln, oder wie war das? Da ist nur ein Schatten, keine Gestalt, keine Person. Nichts, für das man Leidenschaft empfinden sollte.

Er nickte ein.

Sein zitternder Körper weckte ihn. Er fror. Blasses, kaltes Licht breitete sich in dem kahlen Zimmer aus. Wie lange hatte er geschlafen?

Die Statue stand immer noch vor dem Fenster.

„Ein neuer Tag beginnt", sagte eine Stimme. Mattei. Der Polizist.

Rinke schaute zu ihm hinüber. Er hatte sich aufrecht hingesetzt und die Decke um sich geschlungen. Offenbar war er wieder zu Kräften gekommen. Also aufgepasst!

Rinke spürte jeden Knochen, seine Muskeln waren steif.

„Sieh dir das an, *Chico*", sagte die Statue.

Er wandte sich ihr zu. Sie hatte jetzt wieder Konturen, war wieder ein konkreter Mensch, war Betty. Hatte sich von einer vagen Erscheinung in ein konkretes Mysterium zurückverwandelt.

„Los, aufstehen! Ein neuer Tag beginnt! Im Osten geht die Sonne auf! Hopp, hopp!" Das waren die Worte seiner Pflegeeltern gewesen, morgens, wenn sie ihn weckten, in dem kleinen Ort am Fuße der Pyrenäen. Damals war er flinker auf den Beinen gewesen. Hatte die Decke zurückgeschlagen und sich auf die warme Milch und das Brot mit Aprikosenmarmelade gefreut. Idylle im Exil. Ein Gedanke schoss ihm durch den Kopf: Wieso bin ich eigentlich nie dorthin zurückgegangen? Weil ich es jederzeit tun könnte, und es deshalb nie tun werde? Weil ich sie nicht enttäuschen will?

Sein Blick fiel auf sein rechtes Hosenbein, auf die Seitentasche des Blaumanns. Da hinein hatte er die Pistole gesteckt. Und die Tasche sorgfältig zugeknöpft, damit die Waffe nicht herausfallen konnte. Die Klappe war offen. Die Tasche leer. Die Pistole verschwunden.

Rinke warf einen Blick auf Mattei. Der Polizist hockte da, mit ausdruckslosem Gesicht. Sein Oberkörper, die Arme und die Hände waren unter der Decke versteckt. Als er merkte, dass Rinke ihn anschaute, sagte er: „Es wird hell."

„Ja."

„Schauen Sie mal raus." Er deutete mit dem Kopf zum Fenster.

„Was ist?" Rinke rappelte sich auf und ging mit unsicheren Schritten auf Betty zu. Nahm sie in Augenschein.

Hatte sie die Waffe? Wo hatte sie die Waffe? Unter der Latzhose versteckt? Das wäre einfach. Oder in der Hosentasche, damit sie schneller drankam und sie auf ihn richten konnte?

Wieso eigentlich auf mich?, dachte er. Wieso nicht auf den Polizisten? Auf uns!

Sie hielt die Pistole jedenfalls nicht in der Hand, das war deutlich zu sehen, als sie die Arme jetzt herunternahm und sich mit einer Hand eine Strähne aus dem Gesicht strich. Es bestand keine unmittelbare Gefahr.

So viel traute er ihr mittlerweile zu – dass sie ihn einfach über den Haufen schoss. Ja, wirklich.

Dazu müsste sie allerdings mit einer Pistole umgehen können.

So was lernt man im Krieg. Im Krieg lernt man alles. Und den Krieg hatte sie ja erlebt. Davon hatte sie erzählt. Auch, wenn er immer noch nicht genau wusste, was sie ihm eigentlich erzählt hatte. Und ob es wirklich stimmte.

Er trat neben sie. Sie ging einen Schritt zur Seite.

Ihre Blicke trafen sich, als sie ihn anschaute. Misstrauisch, aber nur kurz. Dann blickte sie wieder durch die Fensteröffnung.

„Wasser", sagte sie.

Eine glatte, stahlgraue Fläche erstreckte sich rund um das Haus. Dächer von abgesoffenen Baracken, umspülte Stockwerke von Wohnhäusern, Reste von auseinandergerissenen Häusern, kahle Baumkronen, schräg stehende Strommasten, ordentlich gereihte Laternen ragten heraus. Die Ladefläche eines umgekippten Lastwagens war zu sehen, das Geländer einer überspülten Brücke, das Heck eines halb versunkenen Autos. Keine Straßen, keine Dämme oder Deiche. Es war sehr leise bis auf das sanfte Gurgeln des Wassers, das scheinheilige Säuseln des Windes, leises Plätschern um das Haus herum, das dumpfe Pochen von Treibgut und Holz, das von den Wellen sachte gegen eine Mauer oder ein sonstiges Hindernis gestoßen wurde.

Die Ruhe nach dem Sturm, die Stille nach der Flut, ein Moment der Entspannung, ein Moment des Innehaltens, des Wartens.

Der ganze Stadtteil war zu einem See geworden, die Elbe hatte ihn sich angeeignet, hatte mit tatkräftiger Unterstützung des Meeres und seiner Urgewalt die Herrschaft übernommen.

Die Menschen waren machtlos. Wo waren sie überhaupt? Da ... dort ...

Wenn man genau hinschaute, sah man auf manchen Dächern Umrisse von Personen, die dort hockten und warteten. Und da drüben im Baum, hing da nicht einer? Lebte der noch? Dort im Wohnblock, stand da nicht jemand am Fenster und gestikulierte? Waren da nicht Leute hinter den Glasscheiben zu sehen? Was dachten die? Was würden sie nun tun?

„Ist das nicht schön?", fragte Betty.

Er schaute sie bestürzt an. Sie war bleich. Wirre Haare, hohle Wangen, blutleere Lippen, dunkle Ringe unter den Augen, in denen ein fahles Licht flackerte.

„Zigarette?" Ein leeres Lächeln.

„Keine mehr da."

„Schade." Nach kurzem Schweigen fügte sie hinzu: „Wie kommen wir hier weg?"

Rinke versuchte, die Lage einzuschätzen. „Das Wasser steht nicht mehr so hoch wie in der Nacht. Aber man kann nicht durchgehen, das ist unmöglich. Auch nicht schwimmen."

„Zu kalt."

„Und wohin auch? Da ist nur Wasser."

„Wir brauchen ein Boot."

Rinke zuckte mit den Schultern. Wünschen kann man sich viel, dachte er.

„Oder, wenn das Wasser abgeflossen ist ..."

„Wünschen kann man sich viel", sagte er jetzt laut.

„Ich schau mich mal um", sagte sie.

„Warte!"

„Was?"

„Gib sie mir zurück." Er streckte die Hand aus.

Sie schaute ihn fragend an.

„Gib mir die Pistole!"

„Sie hat sie nicht", sagte Mattei.

Beide drehten sich um. Er hatte die Decke zurückgeschlagen und war aufgestanden. In der Hand hielt er seine Dienstpistole. Mit der kannte er sich aus, darüber musste man sich keine Illusionen machen.

Sein nackter Brustkorb hob und senkte sich hastig. Er war sehr aufgeregt.

Er hat den falschen Moment gewählt, dachte Rinke. Er hätte warten sollen. Jetzt gerät er in Panik, obwohl er die Macht hat.

„Auf den Boden!", kommandierte Mattei.

„Wie bitte?" Betty stellte sich dumm.

Schlau von ihr.

„Ihr beide! Hinsetzen! Da!" Mattei deutete auf die Stelle, wo Rinke gesessen beziehungsweise gelegen hatte.

Der hat ja gar keinen Plan, dachte Rinke.

Aber Betty war ihm schon wieder eine Nasenspitze voraus. „Ich setze mich nicht neben ihn", sagte sie schnippisch.

„Los!" Mattei richtete die Waffe auf sie.

„Lieber tot sein, als neben diesem Arschloch sitzen", sagte sie.

Mattei glotzte sie verständnislos an. „Ich schieße!"

„Nur zu." Sie breitete die Arme aus.

Mattei spannte den Hahn.

„Das ist Mord", sagte Rinke.

„Notwehr ...", sagte Mattei.

Rinke schüttelte den Kopf.

„Los doch!", rief Betty. „Ich sehe schon die Schlagzeile: Polizist erschießt Aussiedlerin in Rohbau – was wollte er von ihr?"

„Und ein Zeuge ist auch dabei", ergänzte Rinke.

Mattei zielte jetzt auf ihn. „Notwehr. Einen Gangster erschießt man aus Notwehr."

Rinke breitete die Arme aus. „Notwehr? Ich habe keine Waffe."

Betty trat einen Schritt nach links, Rinke einen nach rechts. Wortlos verstanden sie sich sehr gut.

„He", sagte Mattei. „Stehen bleiben!" Er senkte die Waffe. „Ich schieße ins Bein. Ich bin kein Mörder!"

Rinke schaute auf den Pistolenlauf, und nun brach ihm doch der kalte Schweiß aus. Scheißspiel.

„Ich schieße auf dich", sagte Mattei. „Das ist legitim. Und mir ihr werde ich allein fertig."

„Denkst du", sagte Betty.

Rinke ging einen Schritt nach rechts. Betty einen nach links.

„Das Pulver ist nass", sagte Rinke.

„Was?"

„Deine Pistole hat eine ganze Weile im Wasser gelegen. Die funktioniert nicht mehr."

„Willst du das Risiko eingehen?"

„Du?"

Betty ging einen Schritt nach links. Mattei musste ihre Nähe als Bedrohung empfinden. Mit drei großen Schritten wäre sie bei ihm.

„Stopp!" Er richtete die Waffe auf sie.

Rinke ging einen Schritt nach rechts. Gleiche Entfernung zu Mattei wie Betty.

„Halt!", rief Mattei. Und zielte auf Rinkes Kopf.

Betty bewegte sich. Mattei biss die Zähne zusammen und stieß seine letzte Drohung hervor: „Ich zerschieße deinem Geliebten den Schädel."

„Nasses Pulver", sagte Rinke kühl.

Mattei richtete die Waffe in Richtung Decke und drückte ab. Der Knall war viel lauter, als erwartet, und hallte durch den ganzen Rohbau. Zementspritzer flogen in alle Richtungen.

Mattei hatte vor allem sich selbst in Panik versetzt. Seine Gegner reagierten beherrscht. Als hätten sie es eingeübt, sprangen sie von beiden Seiten auf ihn zu, packten seine Arme, Rinke entrang ihm die Waffe und Betty ging ihm an die Gurgel. Sie drückten ihn zu Boden, und Betty umklammerte mit beiden Händen seinen Hals. Mattei wurde blau im Gesicht.

Rinke hockte auf Matteis Beinen, lud die Waffe durch. „Okay", sagte er dann. „Ist gut. Lass ihn los."

Sie ließ nicht locker.

Mattei zappelte und zuckte. Seine Augen traten hervor.

„Stopp!", rief Rinke.

Ihr Gesicht war völlig entstellt, sie sah aus wie eine Furie.

Rinke verpasste ihr einen Schlag mit der linken Faust ins Gesicht. Sie wurde nach hinten geschleudert und landete auf dem Rücken. Blut schoss aus ihrer Nase. Panisch rutschte sie von ihm weg, kroch in die nächstgelegene Ecke und schlug die Hände vors Gesicht.

„Idiot!" Rinke stand auf und verpasste Mattei einen Tritt.

„Es tut mir leid."

Rinke kniete sich neben sie, die Pistole in der Hand, immer auch einen Blick auf Mattei gerichtet, der stöhnend dalag.

„Was ist denn bloß in dich gefahren?", fragte Rinke hilflos.

Sie schluchzte leise.

„Verzeih mir", sagte sie, „verzeih mir, ich blute."

„Ich ..." Er schaute sich um. In diesem gottverdammten Rohbau gab es nichts, womit man jemanden verarzten konnte.

Sie lachte entschuldigend. „Ist ja nur die Nase. Das ist nicht so schlimm."

„Das geht vorbei", sagte er.

„Ja, das geht vorbei."

Gut, dachte er, sie ist wieder besänftigt. Und was nun? Er schaute den Polizisten an. Der hielt sich mit einer Hand die Kehle, die andere hatte er vors Gesicht geschlagen. Der wollte nichts mehr, nur noch, dass alles vorüberging. Auch das war gut. Trotzdem wäre es besser, auf Nummer sicher zu gehen.

„Kannst du aufstehen?", wandte er sich wieder an Betty.

„Ich tu alles, was du willst, *Chico*."

„Wir brauchen ein Seil oder so was." Er deutete mit dem Kopf auf Mattei. „Um ihn zu fesseln."

„Du darfst mit mir machen, was du willst, *Chico*, aber verzeih mir."

„Ich bleibe bei ihm. Im unteren Stockwerk müsste das Wasser zurückgegangen sein. Vielleicht schaust du in der Kiste nach."

„Du musst mir verzeihen, *Chico*. Schlag mich nicht mehr."

„Das war doch ... meine Güte ... vergiss es."

„Mach, was du willst, verzeih mir." Sie zitterte am ganzen Körper.

„He! Was ist denn?"

Sie rutschte von ihm weg. „Du verzeihst mir nicht!"

„Es ist jetzt gut. Sieh mal, du blutest ja gar nicht mehr." Er deutete auf ihr Gesicht.

Sie nahm die Hände herunter, schaute sie an. Wischte sie an ihrer Hose ab. Prüfte die Nase. Lachte auf wie ein Kind. „Ist alles nicht so schlimm, oder, *Chico*?"

„Nein, es hat aufgehört. Alles in Ordnung."

„Ich bin wieder guter Dinge", sagte sie.

Er schaute sie stirnrunzelnd an. Was für ein eigenartiger Satz.

„Dann geh jetzt runter und such nach einem Seil. Ich pass auf ihn auf." Er deutete mit dem Kopf auf den noch immer regungslosen Mattei.

„Ich möchte nicht in den Keller", sagte sie.

„Nicht in den Keller, nur ein Stockwerk tiefer. Wo die Kiste steht."

Sie schüttelte den Kopf. „Ich will nicht nach unten, *Chico*."

„Aber ..." Er seufzte und gab auf. „Na gut ... Dann pass auf ihn auf. Wenn er sich da fortbewegt, rufst du mich, verstanden?"

„Ja, ist gut. Du musst aber schnell wiederkommen, sonst habe ich Angst."

„Bin sofort wieder da."

„Ich schreie …"

„Wenn er sich bewegt."

„Ja."

„Und du kommst wieder?"

„Genau."

Sie nickte.

Er stand auf und half ihr auf die Beine.

„Behalt ihn im Auge, mehr musst du nicht tun."

Sie nickte und setzte sich neben die beiden Rucksäcke, die in der Ecke standen.

Rinke ging los.

Im unteren Stockwerk war das Wasser abgeflossen, aber es stand noch ungefähr fünf Zentimeter hoch in den Räumen.

Er durchquerte den Flur und trat in das Zimmer mit der Truhe. Das Wasser hatte sie ein Stück weit fortgetragen, sie stand jetzt vor dem Fenster. Er klappte den Deckel auf und durchsuchte den Inhalt. Fand kein Seil, nur dreckige Lappen. Auch recht. Es war nicht das erste Mal, dass er mit unzulänglichen Mitteln arbeiten musste. Er knotete die Lappen zusammen. Knoten beherrschte er. Im Knast hatte er einen Grundkurs, einen Fortgeschrittenenkurs und einen Meisterkurs im Knoten gemacht. Die inoffizielle Weiterbildung in den Strafvollzugsanstalten war auch nicht zu verachten.

Nach einer Weile hatte er drei Schlingen vorbereitet. Zwei für Mattei und eine in Reserve. Falls Betty wieder einen Anfall bekam. Sie hatte nicht gerufen, das deutete er als gutes Zeichen.

Die berappelt sich wieder, dachte er. Klar. Und wenn sie wieder vernünftig ist, dann schauen wir mal, wie es mit uns beiden weitergehen kann. Nur die Ruhe.

Er hörte ein lautes Platschen und trat ans Fenster. Was war da los? Nichts zu sehen außer Wasser.

Mit den Schlingen in der einen, der Pistole in der anderen Hand eilte er durch den Flur auf die andere Seite des Gebäudes. Schaute durchs Küchenfenster.

„He! Hallo! He!", rief jemand. „He, da drüben!"

Ein junger Mann in einem Schlauchboot näherte sich. Er winkte. Offenbar hatte er bemerkt, dass Personen in dem Rohbau waren.

„He! Ich komme!"

Ein Retter.

Rinke steckte die Pistole weg und rannte ins Wohnzimmer. Dort trat er an das große Fenster und winkte. Der junge Mann winkte zurück und paddelte geduldig näher. Das Boot war sehr klein.

Mist, schoss es Rinke durch den Kopf, da passen doch höchstens zwei Personen rein.

Wenn er logisch gedacht hätte, wäre er vielleicht anders vorgegangen, so aber beging er den entscheidenden Fehler, sich eine Flucht aus dem Haus nicht ohne Betty vorstellen zu können.

Der junge Mann hatte einen unschuldigen blonden Lockenkopf, trug einen dicken Troyer, darüber einen Anorak, und blickte zuversichtlich drein, als er die letzten Meter zum Haus zurücklegte.

Schon war er da. Warf Rinke die Leine zu, ließ sich heranziehen und stieg aus. Zog das Schlauchboot ins Zimmer und sagte: „Puh, war gar nicht so einfach. Da hinten wäre ich beinahe in den Stacheldraht geraten. Ist noch mal gut gegangen." Er deutete vage über die Wasserfläche. „Ist noch jemand hier?"

Rinke hätte jetzt sagen können: „Nein, nur ich, lass uns gleich los, mir geht's nicht gut, ich muss ins Krankenhaus …" Oder etwas Ähnliches. Aber er sagte: „Ja, oben ist noch jemand."

„Frauen und Kinder und Verletzte zuerst", sagte der junge Mann.

„Ja, gut", sagte Rinke. Und dachte dabei: Es wäre kein Verbrechen, ihn mit Waffengewalt zu zwingen, uns das Boot zu überlassen. Er bleibt bei dem Polypen und wir hauen ab. Ganz einfach. Ich habe die Waffe, ich entscheide.

Der junge Mann sah ihn auffordernd an. „Schauen wir mal?"

„Ja, ich gehe vor", sagte Rinke.

Sie stiegen die Betonstufen hinauf und kamen ins Zimmer. Betty saß neben den Rucksäcken in der Ecke und blickte ihnen misstrauisch entgegen. Abweisend.

„Ah, ihr hattet noch Zeit, was zu packen", sagte der junge Mann mit Blick auf die Rucksäcke. „Wo wohnt ihr denn?"

Rinke konnte nicht antworten. Er war viel zu verwirrt. Mattei war verschwunden!

Betty stand auf. „Drüben in der Gartensiedlung", sagte sie und deutete dorthin, wo sie Herrn Heinrichs Haus vermutete. „Die Hütte wurde weggeschwemmt. Wir haben es knapp hierher geschafft."

Der junge Mann nickte. „Es hat viele erwischt … schlimm erwischt."

„Wir haben nicht viel", sagte Betty. „Nur die Rucksäcke."

Der junge Mann kratzte sich am Kopf. „Ihr gehört zusammen?"

Rinke nickte. Betty schwieg.

„Ich kann nur eine Person transportieren, zumal mit Gepäck." Der junge Mann schaute Rinke bedauernd an: „Wie ich schon sagte: Frauen und Verletzte zuerst. Verletzte sind keine da ..."

Rinke hielt die Luft an. Betty warf ihm einen warnenden Blick zu.

„Ich nehme die Dame mit, setze sie ab und komme gleich wieder. Das Wasser steigt nicht. Und selbst wenn ... Hier ist alles sicher, was das betrifft."

Der junge Mann trat auf Betty zu, wollte an ihr vorbei zu den Rucksäcken. „Einen davon müssten wir schaffen ..."

Betty hob abwehrend die Hände.

„Nein!", sagte Rinke scharf.

Der junge Mann hielt erstaunt inne.

„Die sind ziemlich schwer", sagte Rinke.

„Wir nehmen jedes Mal einen mit. Oder wollen Sie sie hierlassen?"

„Schon gut. Ich mach das", sagte Rinke. „Gehen Sie schon mal vor. Wir müssen noch kurz besprechen, wo wir uns treffen und so weiter."

„Ja, klar, aber beeilen Sie sich. Es müssen noch viele gerettet werden."

Damit verschwand er im Treppenhaus.

„Was ist mit dem Polypen?", flüsterte Rinke.

„Hast du es nicht gehört?"

„Was denn?"

„Er ist aus dem Fenster gesprungen."

„Gesprungen?"

„Aufgesprungen, hingerannt und dann raus."

„Warum?"

Sie zuckte mit den Schultern. „Aus Angst? Ich weiß es nicht."

Rinke konnte das nicht nachvollziehen, aber sein müder Verstand kam zu keinem Ergebnis. Nur das laute Platschen kam ihm wieder in den Sinn. Er hatte es gehört, zweifellos. Also stimmte es, was sie sagte. Der Polizist war durchgedreht und aus dem Fenster gesprungen. Vielleicht hatte er gesehen, wie sich das Boot näherte. Aber wo zum Teufel war er dann jetzt? Siedend heißer Gedanke: Was passiert, wenn er plötzlich auftaucht? Wie wird der Mann mit dem Boot reagieren.

„Los schnell", sagte Rinke, „die Rucksäcke."

„Wer fährt mit?", fragte sie.

„Wir beide. Er bleibt hier."

Das wird ihm kaum schaden, diesem eifrigen Retter. Er muss sich bloß die Zeit vertreiben, bis man ihn findet. Das ist nicht weiter tragisch. So moralisch dachte Rinke in diesem Moment.

„Und wie?", fragte Betty, die jetzt wieder bewundernswert pragmatisch war. Mag sein, dass sie manchmal eine Furie ist, dachte Rinke, aber egal, sie ist schön und verrucht und … kriminell, genau wie ich.

Er zog die Pistole aus der Tasche und hielt sie hoch. Dann gab er ihr die drei Schlaufen. Sie nickte.

„Los!", kommandierte er. „Du gehst voran."

Kurzer misstrauischer Blick von Betty, die aber in seinem Gesicht weder Argwohn noch Hinterlist entdecken konnte. Also tat sie, was er verlangte.

Der junge Mann hatte die Zeit genutzt, um eine Zigarette zu rauchen. Er blickte ihnen zuversichtlich entgegen.

„Es wird ein bisschen wackelig", sagte er zu Betty. „Aber keine Angst. Wir werden das Kind schon schaukeln." Er grinste. Noch hatte er die Pistole nicht gesehen, denn Betty stand vor Rinke und verstellte den Blick.

„Ich steige zuerst ein, dann kommen Sie nach. Anschließend schauen wir, wie wir das mit dem Gepäck machen."

„Nein", sagte Rinke. „So machen wir es nicht."

Betty trat zur Seite.

Rinke richtete die Pistole auf den jungen Mann.

„He ... was ... soll ...?" Er verstummte.

„Du bleibst hier. Wir fahren."

„Hören Sie, das ist aber gefährlich."

„Trotzdem."

„Sie wissen ja nicht ... da sind Strudel und Stromschnellen ... Stacheldraht unter der Oberfläche."

„Wissen wir ja jetzt", sagte Rinke. „Dreh dich mal um."

„Was?"

„Los!" Rinke zielte drohend auf seine Brust.

Die Waffe war nicht mal entsichert, aber die Geste wirkungsvoll genug. Eine P38 macht immer einen guten Eindruck.

Der junge Mann hob die Arme und drehte sich um. Betty fesselte ihm die Hände auf den Rücken und nahm ihm die Zigarettenpackung ab. Rinke dirigierte ihn in das hintere Zimmer und befahl ihm, sich in eine Ecke zu setzen. Betty fesselte seine Beine. Dann band sie die gefesselten Hände und die nach hinten gebogenen Beine zusammen.

Rinke schaute verblüfft zu. Wo hatte sie das denn gelernt?

Sie gingen zurück, machten das Boot los, und Betty stieg zuerst ein. Ihren Rucksack nahm sie zwischen die Beine. Rinke stellte seinen ganz nach vorne, um für eine ausgeglichene Gewichtsverteilung zu sorgen, setzte sich vor sie auf die Ruderbank und griff nach den Paddeln.

Rinke spürte, wie Betty ihren Kopf gegen seinen Rücken lehnte. „Du bist der Mann meines Lebens, *Chico*", sagte sie.

„Klar doch."

„Ohne dich ... ach ..."

Der junge Mann mit dem Blondschopf schrie vor Wut und Schmerz auf. Er versuchte, sich zu bewegen, und schrie erneut. Nahm alle Kräfte zusammen, bäumte sich auf gegen die geschickt geknüpften Fesseln. Wälzte sich zur Seite. Kam zuckend ein kleines Stück voran. Verfluchte sich wegen seiner Dummheit und Naivität. Wie hatte das nur passieren können? Er war doch gekommen, um zu helfen. Und in eine Falle getappt. Wer konnte denn ahnen, dass inmitten dieser Katastrophe ein Verbrecherpärchen seinen hinterlistigen Machenschaften nachging?

Er rutschte über den kalten Beton durchs Zimmer, schaffte es zappelnd und stöhnend bis in den Flur, dann unter Aufbietung aller Muskelkräfte rollend in den vorderen Raum, in dem in nicht allzu ferner Zukunft eine Schrankwand und ein Gummibaum, ein Schwarzweiß-Fernseher und ein Röhrenradio stehen sollten, und ein paar Kakteen auf der Fensterbank.

Die Fensterbank war aber noch gar nicht da, kein Sims, der musste erst noch hochgezogen werden. Und so konnte der junge Mann bis an den Rand des Gebäudes robben. Von hier aus konnte er die Wasserfläche überschauen, aus der die wenigen noch sichtbaren Teile des Stadtteils Wilhelmsburg herausragten. Er war nicht der einzige Helfer, der gleich zu Beginn der Morgendämmerung mit seinem Boot aufgebrochen war. Viele, besonders junge Leute, hatten sich selbstlos und unter großer

Gefahr aufgemacht, Menschen vor dem Tod durch Ertrinken oder Erfrieren zu retten. Also würde bestimmt bald ein anderes Boot auftauchen, er würde rufen, schreien, brüllen, bis sie ihn bemerkten und retteten.

Was für eine Schmach, dachte er. Ich habe mich überwältigen lassen wie ein dummer Junge. Und darüber hinaus werde ich später, wenn es darum geht, damit anzugeben, wie viele Personen man gerettet hat, als Verlierer dastehen. Doppelte Schmach.

Er starrte über den Betonrand ins Wasser. Da unten dümpelte etwas, aber nach Rettung sah es nicht aus, im Gegenteil. Ein menschlicher Körper trieb dort sachte in den grünbraunen Wellen in einer Nische zwischen dem Garagenbau und der Hauswand. Wurde ab und zu gegen die Mauer gedrückt. Wo kam der jetzt her?

Die Leiche trug eine helle Manchesterhose, der Oberkörper war nackt. Sein Gesicht war dunkelblau angelaufen, die Zunge quoll ihm aus dem Mund, seine lockigen, schwarzen Haare bewegten sich im Wasser wie Tang. Trotz der Entstellung und der merkwürdigen, unzulänglichen Bekleidung erkannte der junge Mann, wen er da vor sich hatte: Das ist doch der Mattei, der Wachtmeister aus unserer Polizeistation, der mich neulich über Nacht dort eingesperrt hat wegen Rowdytums ... Was um Himmels Willen ist dem denn passiert?

32

Betty schnürte ihren Rucksack auf.

Rinke ruderte gleichmäßig über den See, der die ehemalige Kleingartenkolonie bedeckte. Er nahm die Warnung des jungen Mannes sehr ernst und achtete darauf, was unter der Wasseroberfläche zu sehen war. Kam ein Stück Mauerwerk, eine Wand oder eine Hecke in Sicht, wich er weiträumig aus. Ein Riss im Schlauchboot, verursacht durch Stacheldraht, und alles wäre umsonst gewesen. Er war sehr konzentriert bei der Sache, suchte mit wachen Augen die tückischen Wellen ab, die hier und da von der Strömung gekräuselt oder von einem Sog verwirbelt wurden.

Wohin genau er steuerte, war ihm gar nicht klar. Auf die Wohnhäuser zu, in die Straßen, die sich über Nacht in Grachten verwandelt hatten. Irgendwo musste doch eine Anhöhe sein, ein intakter Deich, eine höhergelegene Straße, irgendwas, das als Fluchtweg dienen konnte. Das Gute war: Niemand würde misstrauisch sein wegen ihrer Rucksäcke oder ihrer ungewöhnlichen Kleidung. Sie waren Flutopfer. Im letzten Moment vor den Sturmwellen geflüchtet. Kein Wunder, dass sie merkwürdig aussahen.

Mit dem Gold, so fantasierte Rinke weiter, konnten sie einiges erreichen. Zwar war es nicht so viel, wie er sich erhofft hatte. Und ob das Material wirklich sauber und von guter Qualität war, würde sich zeigen. Aber da waren ja auch noch die Münzen, die Betty irgendwo erbeutet hatte.

Mal sehen, was Dimitrios dazu sagt, überlegte er, ich muss gar nicht übertreiben, wenn ich ihm erkläre, wie es uns ergangen ist. Ganz klar, er wird gerührt sein, dass ich überlebt habe, und einen guten Preis machen. Und dann ...

„Was hältst du von Kuba?", fragte er, während er seinen Blick kurz über die glitzernde Wasserfläche gleiten ließ. „Die tropische Karibik ... Sonne ... Hitze ... Havanna ..."

„*Si, Chico, si*!", rief Betty. Aber es klang eigenartig. Nicht fröhlich, eher tränenerstickt ... weinte sie?

Rinke wollte sich umdrehen, nachsehen, was mit ihr los war. Das Boot geriet ins Schwanken und beinahe hätte er das eine Paddel verloren. Hastig streckte er die Hand aus, um es festzuhalten. Das fehlte noch, dass er die Paddel verlor und sie hilflos herumdümpeln mussten ...

Er verlor das Gleichgewicht, das Schlauchboot schwankte erneut bedenklich. Kurz drohte er, seitlich ins Wasser zu fallen. Aber da kam sie ihm zu Hilfe, hielt ihn fest. Mit einer Drahtschlinge. Legte sie um seinen Hals. Zog an den angebrachten Holzgriffen. Die Schlinge verengte sich. Schnürte seinen Hals ab. Die Adern, die Luftröhre.

Er wollte rufen: „Betty!" Aber das war nicht mehr möglich. Seine Augen traten hervor, die Zunge quoll aus seinem Mund. Er sah Sterne. Die Sterne verdunkelten sich, alles verdunkelte sich. Der Tag wurde zur Nacht.

Dann brach er wieder an. Die Sonne schien in sein Zimmer. Und da stand Jeanne, seine Pflegemutter und lächelte.

„Stell dir vor, Luce. Deine Eltern sind gekommen!"
Es war Sommer.
„Was?", rief er ungläubig aus. „Wirklich?"
„Ja, komm. Sie warten im Garten auf dich."
Nun gab es kein Halten mehr. Auf nackten Sohlen rannte er in den Flur und die Holztreppe hinunter in den Garten des kleinen Häuschens am Rand des Dorfes, das in einem grünen Tal lag, von hohen Bergen umgeben.
Das Gras war noch feucht vom Morgentau.
Und da standen sie. Seine Mutter, schlank und stolz, mit ihrem wirren Lockenschopf und wie immer in einem Männeranzug. Und sein Vater, der große stämmige Kerl mit Händen so breit wie Suppenteller.
Er sprang an ihnen hoch wie ein junger Hund. Sie drückten ihn an sich. Sein Vater sagte lachend: „Na, das hat sich ja gelohnt. Wir mussten eine Bank überfallen, um herkommen zu können!"
„Er übertreibt mal wieder", sagte seine Mutter und zwinkerte Jeanne zu, die hinter ihn getreten war.
„Habt ihr genug Geld erbeutet, dass wir zusammen verreisen können?", fragte der kleine Lucius.
„Ja", sagte sein Vater und rieb Daumen und Zeigefinger aneinander, um zu zeigen, dass sie wirklich reich waren.
„Dann können wir jetzt nach Kuba fahren?"
„Ja! Auf nach Kuba! Havanna!", rief sein Vater.
Und seine Mutter stimmte das Lied vom *Habanero* an: „Sing noch einmal für mich ..."
Betty weinte bittere Tränen, als sie das Lied sang. Sie schaute ihm nach, wie er davontrieb, der *Habanero*. Und sie sang weiter, während sie nach dem übrig gebliebenen Paddel griff und zu rudern begann.

Es ging nun leichter, obwohl die Rucksäcke ein ganz ordentliches Gewicht hatten.

Sie weinte immer noch, als das donnernde Dröhnen näher kam. Ein Hubschrauber raste im Tiefflug über die Wasserfläche direkt auf sie zu. Sie schrie. Sie schrie und kreischte und brüllte vor Panik, Verzweiflung, Schmerz und Angst, bis dieses gottverdammte Monstrum endlich verschwunden war. Und weinte weiter.

Sie beruhigte sich. Wurde kühl und kalt, so glatt wie ein Stein. Hart. Unerbittlich. Unnahbar. Wer sie jetzt angefasst hätte, hätte geglaubt, eine Puppe aus kaltem Stahl zu berühren. Wer sie jetzt ansah, blickte in leere Augen.

Wie genau sie in das Notversorgungszentrum in der Schule im Reiherstiegviertel gelangt war, konnte sie später nicht mehr erinnern. Nur noch, dass irgendwann jemand ihr aus dem Schlauchboot half und die Rucksäcke reichte. Dann stapfte sie los, apathisch und stur wie damals auf dem Gewaltmarsch während ihrer Flucht aus dem Osten. Einen Rucksack auf dem Rücken, einen vor den Bauch geschnallt, unzulänglich bekleidet und barfuß.

Sie erreichte das Nothilfelager. Die Personen, die mit ihr losgegangen waren, waren alle auf der Strecke geblieben. Sie kam allein an.

Man kümmerte sich um sie, gab ihr eine warme Suppe zu essen. Gab ihr Decken, wies ihr ein Feldbett zu. Hunderte andere Flüchtlinge waren dort. Am Tag herrschte raunende, gedämpfte Geschäftigkeit, nachts hörte man Weinen und Wimmern.

Sie führte einen kaum sichtbaren dünnen Draht durch die Ösen der Rucksäcke und behielt die Schlaufe in der Hand. Niemand sollte ihr Gepäck stehlen, es war ihr einziges Hab und Gut.

Am Morgen dann Muckefuck und einen Kanten Brot. Man teilte ihr mit, dass sie sich registrieren müsste. Dazu hatte sie keine Lust. Aber dann hörte sie, der Innensenator hätte bestimmt, dass jedes Flutopfer fünfzig Deutsche Mark bekäme. Also ging sie hin.

Hinter einem Lehrerpult in einem Klassenzimmer saß ein Mann mit grauem Backenbart, vor sich mehrere Stapel Papiere. Neben ihm an zwei weiteren Tischen hockten zwei Frauen, eine ältere mit Brille und Dauerwelle und eine jüngere mit Zopf, die aussah, als käme sie vom Bauernhof.

Der Mann musste entscheiden, ob sie bedürftig war.

„Ihr Name?", fragte er sachlich.

„Ähm, Rafaela Schumann. Schumann ohne h. Rafaela schreibt man R-A-F..."

„Schon gut ... Geburtsdatum und Ort?"

„6. September 1930 in Namslau."

„Schlesien. Flüchtling also."

Sie nickte.

„Wo haben Sie hier gewohnt?"

„In der Kleingartenkolonie ‚Sommerfreude'."

„Behelfsunterkunft?"

„Ja."

„Allein?"

„Bei Herrn Heinrich. Als Haushälterin."

„In der Baracke?"

„Ja, er brauchte Unterstützung als Kriegsversehrter."

„Heinrich ist der Nachname?"

„Lober."

Der Mann nickte, dann schaute er auf. „Was ist mit ihm ...?"

„Er ist ... wohl ertrunken." Sie tat, als müsste sie ein Schluchzen unterdrücken.

„Haben Sie es ... gesehen?"

„Nein, das Wasser hat uns getrennt."

„Wenn Sie ... ihn finden wollen. Wir fertigen Listen an. Man wird sehen, wie mit den Toten zu verfahren ist ... man muss sie ja identifizieren. Wie lautet sein Geburtsdatum?"

„Das weiß ich nicht. Er war schon alt. Soldat." Das letzte Wort spuckte sie beinahe aus. Der Mann schaute verwundert auf.

Sei bloß vorsichtig, Betty!

„Nun gut", sagte er.

Die Frau mit dem Zopf griff in eine große Geldkassette und holte zwei Fünfmarkstücke, zwei Zehnmarkscheine und einen Zwanziger heraus, legte sie hin. „Sie müssen noch quittieren."

Die Frau mit den Dauerwellen hatte ihren Namen bereits in einer Spalte notiert, ebenso den Betrag „50,00", und schob ihr jetzt das Blatt hin.

Betty unterschrieb mit „R. Schumann". Es sah schwungvoll aus. Ich könnte wirklich so heißen, dachte sie. Aber nicht mehr, nachdem ich jetzt hier registriert wurde.

Sie nahm das Geld an sich, verwundert, dass man ihr tatsächlich etwas gegeben hatte.

Sie ging zurück zur Garderobe, an der sie ihre Rucksäcke abgestellt hatte. Dort stand ein ungefähr sechzigjähriger Mann im Trainingsanzug, der als Aufsicht und Helfer eingesetzt war. Er hatte ihr versichert, er würde gut auf ihr Eigentum aufpassen. Nachdem sie den nach Mottenpulver stinkenden Mantel aus dem Kleiderarsenal übergezogen hatte, half er ihr beim Festschnallen der Rucksäcke.

„Die sind aber schwer", sagte er und tat so als müsste er vor Anstrengung stöhnen. „Ist da Blei drin?"

„Nein, Gold", sagte sie schnippisch.

Er lachte und strich ihr über die Schulter: „Goldmarie."

„Nun lassen Sie bloß die Dame in Ruhe", sagte eine Frau. „Sie sehen doch, dass die was mitgemacht hat."

Der Mann fuhr erschrocken zusammen und stammelte eine Entschuldigung.

Betty ging wortlos nach draußen.

„Also wirklich", hörte sie die empörte Stimme der Frau hinter sich.

„Ist ja schon gut", sagte der Mann.

Ein anderer erklärte ihr, dass alle Bahnlinien nach Hamburg unterbrochen seien. Auch die Straßenverbindungen seien zerstört.

„Aber ich muss hier weg!", rief sie beinahe empört.

„Der Bahnhof ist überschwemmt. Wenn Sie's bis nach Harburg schaffen ... dort finden Sie vielleicht einen Zug. Wo wollen Sie denn hin?"

„Nur weg!"

Der Mann nickte verständnisvoll. Klar, wer nicht bleiben musste, der hatte gute Gründe zu gehen. Die Straßen Wilhelmsburgs waren von den reißenden Fluten ausgewaschen worden. Tiefe Gräben und Löcher taten sich auf. Umgekippte Autos und Lastwagen. Weggerissene Straßenbahntrassen. Eingedrückte Türen, zerborstene Fensterscheiben. Läden und Geschäfte waren angefüllt mit Schlick und Dreck. Das Spar-Geschäft, in dem sie vor zwei Tagen noch eingekauft hatte, war völlig verwüstet, Wassermassen und Schmutzwellen hatten sämtliche Produkte in Müll verwandelt oder weggeschwemmt. Wohnungen im Erdgeschoss waren verwüstet, Sofas, Sessel, Tische und Schränke mitgerissen, technische Geräte aus ihren Verankerungen gelöst und fortgeschleudert worden. Überall lag Treibgut herum oder wurde von freiwilligen Helfern aus dem Weg geräumt und aufgestapelt.

Irgendwo rief jemand nach einer Sabine. Betty beschleunigte ihre Schritte.

Der Sturm war vorbei, das Wasser zurückgegangen. Die Soldaten der Bundeswehr hatten Deiche durchbrochen, damit es schneller abfließen konnte. Von Stunde zu Stunde entspannte sich die Lage. Aber das Ausmaß der Zerstörung war enorm.

Der Krieg hört nie auf, dachte Betty. So ist das eben. Natur gegen Mensch, Mensch gegen Natur, Mensch gegen Mensch.

Zu Fuß erreichte sie die Süderelbe. Und hier war Schluss. Soldaten hatten die Brücke gesperrt. Das letzte Mal, als sie über eine von Soldaten kontrollierte Brücke gehen wollte, war das nicht gut ausgegangen.

Aber sieh mal! Da steht eine Straßenbahn! Die Linie 11 Richtung Wilhelmsburg. Sie endete jetzt hier, weiter ging's nicht, denn die Gleise waren unterspült und fortgerissen worden. Jetzt war die Alte Harburger Elbbrücke die Endstation.

Einmal zum Bahnhof Harburg bitte. Ach, die Fahrt ist kostenlos? Wegen der Flut. Vielen Dank!

Ein Hochgefühl erfasste sie. Ich finde hier raus, ich komme hier raus, ich finde die Freiheit, so war es und so wird es sein.

In Harburg musste sie zwei Stunden warten, dann fuhr ein Zug nach Lüneburg. Und von Lüneburg fuhr einer nach Lübeck. Und von Lübeck einer nach Hamburg. Aber erst am nächsten Morgen. Die Nacht verbrachte sie ihm Wartesaal. Schlaflos, weil sie auf ihre

Rucksäcke aufpassen musste. Zornig, als jemand ihr zudringliche Fragen stellte. Überschwänglich dankbar, als ein Schaffner ihr das Gepäck bis ins Abteil trug. Sie trat ans geöffnete Fenster. Oh, bitte, Hamburg, dachte sie. Nichts eignet sich so gut zum Verstecken wie eine Großstadt. Die Dampflok des Eilzugs spuckte schwarzen Rauch und weißen Dampf. Die morgendliche Luft war schneidend kalt. Der Zug setzte sich fast unmerklich in Bewegung. Sie umklammerte die Fahrkarte mit der linken Hand. Die scharfe Kante des kleinen Pappkartons schnitt in ihren Handballen. Es fühlte sich gut an.

Freiheit darf wehtun, dachte sie.

Nach ihrer Ankunft am Hauptbahnhof in Hamburg gab sie die Rucksäcke bei der Gepäckaufbewahrung ab. Dann ging sie zum Steindamm und suchte einen Juwelier auf, der Goldmünzen ankaufte. Sie verkaufte nicht alle auf einmal, das hätte Aufsehen erregt. Nein nur ein paar, um genug Bargeld für die nächsten zwei Wochen zu haben. Dann spazierte sie in die Innenstadt und suchte ein Geschäft auf, um zwei Koffer zu erstehen. Schwarz und groß. Anschließend betrat sie das Alsterhaus und kleidete sich komplett neu ein. Man kann als Frau nicht mit einer Latzhose und einem schäbigen Mantel bekleidet herumlaufen, sogar in der Großstadt fällt man damit auf. Was sie nicht anbehalten konnte, kam in den Koffer. In der Kosmetikabteilung ließ sie sich dazu verführen, ein Parfüm mit dem Namen „Nonchalance" zu erwerben. Nun war sie eine Dame von Welt.

Sie ging zurück zur Gepäckaufbewahrung, packte die Rucksäcke in die Koffer und nahm sich einen Kofferträger.

Sie bezog ein Zimmer in einem halbwegs seriösen Hotel am Steindamm, wo sie erklärte, sie sei Flutopfer und könne sich daher nicht sofort ausweisen. Der Mann an der Rezeption hatte schon weniger logische Ausreden von jungen Frauen gehört und machte keine Umstände, zumal sie für drei Tage im Voraus bezahlte.

Am Abend machte sie sich auf den Weg nach St. Pauli, um sich umzuhören. Sie klapperte eine Menge seriöse, weniger seriöse und dann ziemlich unseriöse Bars ab. Da sie teuer aussah, nonchalant tat und sich in kein dämliches Gespräch verwickeln ließ, kam sie überall unbehelligt durch. Als sie in der Talstraße an einer Bar namens „Rote Katze" vorbeikam, tönte das Lied vom *„Habanero"* aus der geöffneten Tür. Sie trat ein und wurde von einer rothaarigen Frau mit üppigem Dekolleté hinter der Bar misstrauisch beäugt. Sie setzte sich auf einen Barhocker. Am Tresen stand ein kleiner Mann in braunem Anzug mit gepunkteter Krawatte, weiß-braunen Budapestern und einem dünnen schwarzen Oberlippenbart unter einer prominenten Hakennase. Er schaute sie verwundert an, verbeugte sich und sagte: „Nanu, was führt dich denn hierher, und dann noch in deiner ganzen Schönheit?"

Die Barfrau dachte nun, sie wären bekannt, und ließ sie in Ruhe.

„Ich suche einen Freund."

„Hier bei uns?" Er schaute sich demonstrativ um. Männerhände lagen auf Frauenschenkeln, zupften an Strapsen oder schoben sich unter Korsetts.

„Er mochte dieses Lied."

„Ah …" Der kleine Mann dachte nach. „Das spielt Marie in letzter Zeit recht oft. Sie ist auch ein kleines bisschen traurig. Vermisst offenbar jemanden. Wie sieht er denn aus, dein Freund?"

Betty beschrieb Rinke.

„Und wie heißt er?"

„Ich nenne ihn *Chico*, aber sein Partner sagte Lou."

„Sein Partner?"

„Ein Junge. Piet."

„Sieh an. Und was willst du von deinem *Chico*?"

„Ich hab was, das er gerne zurückhätte."

„Wertvoll?"

„Ja."

„Bring's her."

„Es müsste aber noch bezahlt werden."

„Ah ... Wie viel?"

„Viel."

„Und du kannst ihn nicht finden, obwohl er noch was von dir bekommt und sogar dafür bezahlen will?"

„Ja, genau."

„Tja dann ..." Der kleine Mann dachte nach. „Ich geb dir mal eine Adresse. Vielleicht weiß dort jemand, wo er abgeblieben ist. Sag, du kommst von Otto."

„Danke."

„Gern geschehen. Noch ein Getränk auf Kosten des Hauses?"

Sie schüttelte den Kopf. „Ein andermal vielleicht."

„Es wäre mir ein Vergnügen."

Sie rutschte vom Barhocker. „Auf Wiedersehen."

Er musterte sie mit unverhohlenem Wohlgefallen. „Falls du mal wieder Hilfe brauchst ..."

„Vielen Dank."

„Es muss ja nicht unbedingt hier sein." Er deutete vage in den Raum.

„Sehr nett. Adieu."

„Tschüs." Die rothaarige Barfrau hatte ihren Chef schon lange nicht mehr so verwirrt gesehen. „Eine Bekannte von Lou", sagte er. Sie zuckte mit den Schultern.

Am nächsten Tag, etwa um die Mittagszeit, stand Betty vor dem windschiefen Fachwerkgebäude und las die Aufschrift „Theodor Hammer – Technische Ausstattungen" auf dem Blechschild. Nach kurzem Zögern stieg sie die Treppe hinauf und drückte auf die Klingel.

Dimitrios Felten ließ sich die Verwunderung über diesen Besuch nicht anmerken. Er war auch nicht aus der Ruhe zu bringen, als seine Besucherin, die sich auf „Otto" aus der „Roten Katze" berief, ihm „ein paar Kilo Gold" anbot. Aber er zuckte zusammen, als sie das Wort „Zahngold" benutzte. Trotzdem war sein Interesse geweckt, und er suchte sie in ihrem Hotel auf, um die Ware zu begutachten. Er zahlte einen guten Preis, wie sie fand, und nahm das Gold in einem der Koffer mit. Eine Stunde später wechselte sie das Hotel und den Stadtteil. Das bürgerliche Harvestehude kam ihr sicherer vor.

Sie ließ sich die Haare schneiden und blondieren, und kaufte sich noch mehr Kleider. Eng und knapp geschnittene, bunte Sachen nach der neuesten Mode, in denen sie aussah wie ein Filmstar. Außerdem praktische graue, schwarze und braune Sachen aus einem Laden für gebrauchte Kleidung. Dazu einen hässlichen Hut. Damit sah sie aus wie eine Religionslehrerin.

Nach einer gewissen Zeit der Erholung mit regelmäßigen Kino- und Museumsbesuchen und vielen Stunden einsamer Lektüre hielt sie es nicht mehr aus. Sie legte die eleganten Kleider beiseite, verkleidete sich als graue Maus und verließ das Hotel. Beim Dammtor bezog sie ein Zimmer in einer Pension nur für Damen.

Im nahe gelegenen Bahnhof konnte sie sich mit günstigen Taschenbüchern und Zeitungen versorgen. Sie setzte eine Stellenanzeige in die „Soldatenzeitung". Bald erwartete sie ein Angebot postlagernd im Postamt 36 am Stephansplatz. Sie stellte sich vor und wurde eingestellt. Es tat ihr gut, endlich wieder eine Aufgabe zu haben.

"Stalingrad!", rief der senile alte Mann im Rollstuhl und schlug mit der Faust auf den Tisch. "He, du Judenschlampe, wo ist meine Zeitung?"

"Kommt gleich, Herr Ludwig!"

Betty wischte sich die Hände an der Schürze ab, eilte aus der Küche und trippelte durch den Flur zur Haustür. Sie zog die Tür auf, steckte den Schlüssel in den Briefkasten, der neben dem Eingang hing und nahm die Post heraus. Sie schloss den Briefkasten wieder und ging zurück ins Haus.

"Er ist ein bisschen schwierig geworden, unser Vati", hatte die Frau, die Betty engagierte, beim Vorstellungsgespräch erklärt. "Er ist besessen vom Krieg."

Ich auch, hätte Betty beinahe gesagt. Und hatte nachsichtig gelächelt. Inzwischen war die Frau sehr glücklich, denn so lange wie Betty hatte es noch keine Pflegerin bei Herrn Ludwig ausgehalten.

Sie trat an den ovalen Wohnzimmertisch, den der ehemalige SS-Sturmbannführer so gern mit seiner Faust traktierte, und legte ihm die Post hin.

"Ah, meine Zeitung", sagte er feierlich. "Du wirst mir gleich daraus vorlesen."

"Erst muss ich das Essen fertig kochen."

"Das Essen, das Essen, es schmeckt doch alles gleich", nörgelte er.

"Aber es soll doch nicht anbrennen."

Seine Hand glitt über ihren Hintern. „Du lässt nichts anbrennen, kleine Judenschlampe, stimmt's? Erzähl mir davon."

„Ein andermal, Herr Ludwig." Sie trat einen Schritt beiseite.

„Ein andermal, immer ein andermal ...", protestierte der Alte. Er fischte einen Brief aus der Post. „Und was ist das hier? Eine Mahnung? Hast du etwa die Rechnung wieder nicht bezahlt?"

„Ich begleiche alle Rechnungen."

„Dann war's meine Tochter, diese Hexe."

„Gleich kommt das Essen, Herr Ludwig."

„Das will ich dir auch geraten haben, du Faulenzerin!"

Betty ging in die Küche und prüfte die Salzkartoffeln. Sie brauchten noch. Die Karbonade war durch, das Sauerkraut heiß.

Blieb noch Zeit für was anderes.

Sie setzte sich an den Küchentisch, zog die Schublade auf und holte den Draht heraus, dann die beiden Holzgriffe. Mit geübten Handbewegungen befestigte sie die Griffe an den beiden Enden der Schlaufe.

Seit gestern wusste sie, wo er seine Ersparnisse aufbewahrte.

Die Personen

Betty: kümmert sich hingebungsvoll um ehemalige Angehörige der Wehrmacht

Lucius „Lou" Rinke: kümmert sich hingebungsvoll um fremdes Eigentum

Peter Kummerfelt (Piet): assistiert „Lou" Rinke beim größten Coup seines Lebens

Polizeiobermeister Mattei: sorgt sich beruflich um den Schutz fremden Eigentums

Polizeimeister Danner: hatte bislang Glück bei den Frauen, was sich nun ändert

Otto Ullmann: vermittelt zwischenmenschliche Kontakte

Dimitrios Felten: kennt Mittel und Wege zur Umverteilung von Besitz

Klaus: hat einfach nur großes Pech

Sabine: hat einfach nur großes Glück

Vincinette: ist und bleibt „die Siegreiche"

Der Autor

Robert Brack wurde für seine Kriminalromane mit dem „Deutschen Krimi-Preis" und dem „Marlowe" der Raymond-Chandler-Gesellschaft ausgezeichnet. Laut dem „Hamburger Abendblatt" gilt er „mittlerweile als Experte für Mord und Totschlag im Hamburg des 20. Jahrhunderts". Sein Roman „Und das Meer gab seine Toten wieder" beschreibt die realen Geschehnisse, die 1931 zur Auflösung der Weiblichen Kriminalpolizei führten, „Blutsonntag" befasst sich mit den gewaltsamen Ereignissen im Juli 1932 in Altona. Zuletzt erschienen „Die Toten von St. Pauli", „Die Morde von St. Pauli" und „Der Kommissar von St. Pauli", die in den 1920er- und 1930er-Jahren angesiedelt sind. „Dammbruch" ist sein erster Roman für den Ellert & Richter Verlag, weitere werden folgen.

Bibliografische Information der Deutschen Nationalbibliothek
Die Deutsche Nationalbibliothek verzeichnet diese Publikation in der Deutschen Nationalbibliografie; detaillierte bibliografische Daten sind im Internet über http://dnb.d-nb.de abrufbar.

ISBN 978-3-8319-0775-5

© Ellert & Richter Verlag GmbH, Hamburg 2020
2. Auflage 2021

Dieses Werk einschließlich aller seiner Teile ist urheberrechtlich geschützt. Jede Verwertung außerhalb der engen Grenzen des Urheberrechtsgesetzes ist ohne Zustimmung des Verlages unzulässig und strafbar. Dies gilt insbesondere für Vervielfältigungen, Übersetzungen, Mikroverfilmungen und die Einspeicherung und Verarbeitung in elektronischen Systemen.

Titelfoto: © Behörde für Stadtentwicklung und Wohnen, Hamburg
Text: Robert Brack, Hamburg
Lektorat: Sophie Niemann, Hamburg
Gestaltung: BrücknerAping Büro für Gestaltung GbR, Bremen
Gesamtherstellung: CPI books GmbH, Leck

www.ellert-richter.de
www.facebook.com/EllertRichterVerlag